夜会で『適当に』ハンカチを渡しただけなのに、騎士様から婚約を迫られています

六花きい

ビーズログ文庫

イラスト／史歩

CONTENTS

ジェイド・トゥーリオ
四大公爵・トゥーリオ家の次男。
近衛騎士を務める優秀で真面目な青年だけど、
ミリエッタのことになると
我を見失うようで？
夜会で『適当に』ハンカチを渡しただけなのに、
騎士様から婚約を迫られています
ミリエッタ・ゴードン
ゴードン伯爵家の令嬢。
秀才と評判な一方で、
内向的な性格で婚約者探しに苦戦中。
そんなある日、ジェイドから求婚されることに――！

登場人物紹介

四大公爵・デズモンド公爵家の嫡男。
王国最強の騎士団長として
周囲に一目置かれている。

四大公爵・ラーゲル公爵家の次男。
唯一の学生で、在学中に博士号を
取得するほどの秀才。

キールの妹。
『ミリエッタを愛でる会』の一人。

四大公爵・オラロフ公爵家の嫡男。
宰相補佐の候補に選ばれるエリート。

1 『適当』に渡した白いハンカチ

伯爵令嬢ミリエッタは、うんざりしていた。

人前に出るのが苦手な上に内向的な性格、友人も片手で余るほどしかいない。

いまだ婚約者もおらず、女性としての魅力が足りないのではと、不安が増していく日々。

勉強だけは唯一自信があるが、婚約者探しは遅々として進まず、いくら頭が良くてもこれでは貴族令嬢としてあまりに不甲斐ない。

特筆すべきは、圧倒的なコミュニケーション能力不足、である。

「誰でもいいから渡してきなさい！」

淑女が想いを込めて刺繍したハンカチを、気になる男性に手渡す『出会いのハンカチ』イベント。

母に言い含められたは良いが渡したい男性もおらず、かといって貰ってくれそうな心当たりすら無く、日を追うごとに気鬱になってくる。

本来であれば一針一針想いを込めるべきところだが、辟易とした心持ちも相まって、何となく構図を決め何となく刺繍をし、短時間で完成させた無難な刺繍ハンカチ。

これを貰って喜ぶ人が果たしているのかと疑問に思いつつ、嫌々参加した婚約者探しの夜会で、ミリエッタは溜息を吐いた。

デビュタントの日を除けば、夜会に参加するのはこれで二回目。

両親は「お前が気に入った相手を選んで良い」と再三にわたり言うものの、初めて参加した夜会では運命的な出会いもなく、年頃の令息が話し掛けてくれる訳でもなく、視線を向ければ目を逸らされる始末。

それでも勇気を出して自分から歩み寄ってみれば、下を向いて足早に逃げられ、あまりのショックでその時は、その場に泣き崩れてしまいそうになった。

話し掛ける勇気すら無くなり、それ以来夜会に参加する気力も湧かず、招待状は来るものの行きたくないとすべて断り、両親に心配をかけること早二年半。

時間だけが過ぎていき、焦る気持ちは行き場を失くし、内に籠もって落ち込むばかり。

お年を召した四人の公爵達と歓談し、本日の婚約者探しも不発に終わりそうだ。

毎度のことながら上手くいかないお相手探しに、そして話し掛ける事すら出来ない自分の不甲斐なさにうんざりしつつ、早々に逃げ帰りたい気持ちでいっぱいである。

だがしかし、今宵に限っては『ハンカチを手渡す』というノルマを母に課せられているため、何もせずに帰るわけにはいかないのである。

……とはいえ、社交界に疎いミリエッタ。

婚約者がいない未婚の成人男性など、分かるはずもない。

「閣下、恐れ入りますが、少々お尋ねしても宜しいでしょうか」

背に腹は代えられず、先程まで歓談していた年配の男性に仕方なく声を掛けた。

「実を申しますと本日の夜会で、どなたかに『ハンカチ』を渡すよう母に申し付けられておりまして……渡しても角が立たない婚約者のいない未婚男性で、お薦めの方はいらっしゃいますでしょうか？」

そう問いかけた次の瞬間、周囲の視線が一斉にミリエッタへと向けられる。

「ふむ、それでは頼れる年上と可愛らしい年下なら、どちらがお好みかな？」

閣下と呼ばれた白髪の男性は面白そうに目を輝かせ、ミリエッタに二択を提示してくれた。

「どちらでも……年が離れすぎていなければ、年齢は然程気になりません」

その答えに、先程まで歓談していた一人目の公爵が、ビクリと大きく肩を震わせる。

「では職業について希望はあるかな？」

「いえ、……職業に、貴賤はございませんので」

今度は二人目が、今にも摑みかかりそうな勢いでミリエッタを凝視した。

ふと白髪の男性の視線が動き、ミリエッタがつられてその先を見遣ると、射るような視線を向けて不穏な気配を発する先程の二人の男性が目に入る。

「――？」

何かしてしまったのだろうかと不安気な面持ちで目を瞬かせると、「ああ、あれは気にしなくていい」と、白髪の男性が苦笑した。

「それでは最後の質問だ。少し気難しいが、真面目で勤勉な男。……慎重で多少決断力に欠けるが、優しく気遣いの出来る男」

少し考えながら、ゆっくりと、言葉を選ぶように選択肢を提示してくれる。

「寡黙で面白味がないが、努力家で向上心のある男。ああ、あとは猪突猛進でたまに暴走するが、誰よりも一途で大事にしてくれそうな男もいるな。何名か心当たりはあるが、希望はあるかな？」

「……選べるような立場ではございませんので、閣下が薦めてくださるのであれば、どなたでも。ですがあまりに立派過ぎると、私には少々荷が重いかもしれません」

またしても動いた視線の先をミリエッタが辿ると、直前に話をしていた三人目が、顔を強張らせながらこちらの様子を窺っている。

「――――!?」

「あれも気にしなくていい。持病の癪のようなものだ」

喉の奥でクッと噛み殺すように笑い、壁際に立つ四人の男性を顎で示した。

「それならば、ほれ、そこに立つ男達はどうだ？　皆、婚約者どころか恋人すらいない寂しい独り身だ。あとから間違えましたと訂正しても、問題ないだろう」

「……ですがその、見る限りどの方もとても素敵で……私なんかのハンカチを受け取ってくださるでしょうか」

四人が四人とも貴公子然としているため、急に不安になってくる。

「どなたも貰ってくださらないのでは」

ぽろりと弱音を零すと、そんなミリエッタを励ますように、「ではその時は、私が貰えると期待してもいいのかな？」と茶目っ気たっぷりに微笑んでくれた。

「重く考えずとも大丈夫だ。さあ、一番気に入った者に渡しておいで」

逡巡するミリエッタの背中を、トンと優しく後押ししてくれる。

「……ありがとうございます」

それもそうね、何も重く考える必要なんて無いのだわ。

あんなに素敵な方々だもの、ハンカチを渡されるなんて日常茶飯事でしょうし、本気になんてするわけないわと思いつつ、受取拒否をされないかしらとやはり不安にもなりつつ、ミリエッタはそっとハンカチを取り出し、男性達のもとへと近付いて行く。

実は見覚えのある……デビュタントでも、そして最初に参加した夜会でも、唯一目が合った四人組。

以前見掛けた時と同様に、御令嬢達がチラチラと視線を送っているが、いつもの事なのだろう。

それを気に留める風も無く、四人で固まっている上に身体が大きい男性が二人もおり、その存在感は周囲の人々を圧倒する。

威圧的で少し怖いからだろうか。

遠巻きにしているものの、話し掛ける勇気のある御令嬢はいないようだ。

たまにミリエッタを見て話をしている時もあり、諦めの悪い令嬢だと呆れているのかもしれない。

大柄な男性のうち一人はミリエッタの事が嫌いらしく、最初の夜会同様に怖い顔で睨んでくるため、本夜会でも極力目を合わせないよう俯きがちに行動していた。

今日は任務中だろうか、近衛の騎士服を着て会場内に隈なく注意を払っている。

どの方にお渡ししようかと迷いながら歩みを進めると、四人が四人ともこちらを見ており、驚き視線を泳がせた先で、自分を見つめる周囲の人々が目に飛び込んだ。

興味津々で成り行きを見守る白髪の男性はともかく、ミリエッタの一挙一動に注目しているような、そんな圧を感じる。

「あ、あの……」

誰に渡すかも決まらないうちに、ミリエッタが四人に向かって声を掛けると、ざわりと会場の空気が揺れた。

辺りが何故か水を打ったように静まり返り、余計に居た堪れない気持ちになる。

断られたらどうしよう。

緊張で口籠もってしまうのは許してほしい。

勇気を出してまた一歩近付くと、いつも睨みつけてくる騎士服の男性が驚いて目を見開いた。

二十歳を超えたくらいだろうか。

近くで見ると、首を四十五度上に傾けなければ視線が合わないほど大きく、黒曜石のような漆黒の瞳が、ミリエッタを捉えて離さない。

なんだか途端に恥ずかしくなり、緊張で膝が小刻みに震え始める。

やっぱり帰ろうかと俯き、踵を返そうとした次の瞬間よろめいて、ミリエッタは真横にあった柱へと頭から突っ込んでいった。

「危ないッ!!」

為す術もなく、ギュッと目を瞑った瞬間大きな声が場内に響き渡り、何かを叩きつけるような音が鋭く空気を震わせる。

「!?」

飛び込むように割って入った何かが、衝撃に備え強張る小さな身体を宙で受け止め

――しばしの静寂の後、ミリエッタは恐る恐る目を開いた。

包み込むように回された長い腕と、肩を抱き寄せる大きな手。

柱にぶつかるはずだった側頭部は厚い胸板に触れ、その拍動がミリエッタの鼓膜を浅く揺らす。

眼前に立つ大きな体軀を見上げると、近衛の襟章が目に映った。

……無理な体勢で飛び込んだのだろう。

ミリエッタを抱き込んだ自身の身体を支えるため、柱身に刻まれた溝彫りに拳を叩きつけたらしく、じわりと血が滲んでいる。

「きゃあああ！　申し訳ございません!!　あ、あああの、ありがとうございます!!」

青褪めながら礼を述べるミリエッタと、至近距離で視線が絡んだ途端に目が泳ぎ、何故か突然狼狽えたように腕を解く騎士服の男性。

自分の事を嫌いなはずの彼が助けてくれた事に驚きつつ、距離の近さに慄きつつ、ミリエッタは数歩後ろへ飛び退いた。

大事な手に怪我を負わせてしまった事に慌てふためくと、気にしなくていいとでも言うように、血が滲むその手を大きな身体の後ろにそっと隠す。

唯真っ直ぐにミリエッタを見つめる漆黒の瞳が、何か言いたげに小さく揺れ、熱を帯び、輝きを増していく。

打った拍子に切れたのだろうか、後ろに回した手から一筋の血が伝い、ポタリと床に落ちた。

「あの、こ、これ……」

ミリエッタはハッと我に返り、少し身体を仰け反らせながら震える手だけを前に出す。

恐る恐る差し出されたハンカチに、男性は驚いたかのように一瞬動きを止め、――今度は大きく、一歩前に踏み出した。

「ももも申し訳ございません！　さ、差し上げます、ので、ふ、ふ、拭いて……」

緊張のあまりそれ以上何も言えずに固まっていると、男性は目にも留まらぬ速さで動き、次の瞬間怪我をしていないもう片方の手で、ミリエッタの手ごとガシリとハンカチを握り締める。

ひぃぃぃ、ち、近い！　近い!!

どうしよう、もしかして怒ってる!?

ミリエッタの手を握り、ぐいぐいと無言で迫り来る巨軀。

何が何やら分からないくらいに混乱しつつ、一刻も早くこの場から逃れたい一心で、ミリエッタは叫んだ。

「あッ、ありがとうございましたッ！　特に深い意味はないので、その、受け取っていた

だけただけで光栄です！」

こうなったら逃げるに限ると、ミリエッタは掴まれたその手を勢いよくシュッと引き、礼を述べるなり身を翻し、逃げるように会場を後にする。

よ、よし、渡せた。

大丈夫、私はやり遂げた。

そう自分に言い聞かせながら、駆け去りざまに振り返ると、その場に棒立ちでハンカチを握り締める男性の姿が目に入った。

ああ～～、どうして私、お母様の言う通りにハンカチを渡してしまったんだろう。

しかも公衆の面前で！

もう泣きたい……。

昨夜の出来事を思い出し、羞恥のあまり何も手につかず、部屋に引きこもってゴロゴロしていると、軽やかに呼び鈴が鳴った。

来客かしらとそっと部屋を出て少しだけ顔を覗かせると、昨夜の夜会でハンカチを手渡した男性に見える。

驚きのあまり口元を両手で押さえながら再度そろりと覗くと、面識があるのか母が微笑みながら出迎え、遅れて書斎から出てきた父まで笑顔で何かを話し込んでいるようだ。

え？　まさか昨日のハンカチを返しに？

いやいやそんな七面倒な事をするだろうか、それとも柱にぶつかったあの一件で文句を言いに来たのだろうかと、ドキドキしながら様子を窺う。

応接室に男性を案内した母が何かを申し付けると、数人の侍女達がミリエッタの部屋を目指し、階段を上がるのが見えた。

ミリエッタはこっそりと自室に戻り、何事もなかったように慌てて読書のふりをする。

「お嬢様、失礼致します。お客様がおいでですので、急ぎ御支度をさせていただきます」

何が何やら分からぬまま、通常時の三倍速で身支度を整えると、応接室に来るよう父から声がかかった。

慌てて応接室に向かうと、待ってましたとばかりに立ち上がり、ミリエッタのもとへつかつかと歩み寄る。

「こんにちは、ミリエッタ嬢。トゥーリオ公爵家、ジェイド・トゥーリオと申します。昨日はお声がけいただき、ありがとうございました」

柔らかく微笑み丁寧に頭を下げる彼は、トゥーリオ公爵家の次男であるらしい。

よりによって、公爵家の方に渡してしまうとは……分不相応な自分の行いに、早くも涙目である。

「ミリエッタ・ゴードンと申します。こちらこそ、昨夜はありがとうございました。お怪我の具合は如何でしょうか？」

自分のせいで怪我をさせてしまった昨夜の一件。

申し訳なさそうにジェイドへ問いかけると、「お気遣いなく。あの程度、怪我の内にも入りません」と、事も無げに返される。

「本当に申し訳ございませんでした。……あの、本日は一体どのようなご用件で？」

夜会での鋭い眼光とは一変し、柔らかな眼差しを向けられたミリエッタは、戸惑いがちに問いかけた。

そもそも誰なのかすら分からなかった彼の名前が判明したところで、本日の来訪目的が気になって仕方ない。

「先触れが直前となり申し訳ありません。昨夜のお礼と、婚約の申し込みに参りました」

「婚約の申し込み!?」

昨日の今日で!?

あまりに急な展開にミリエッタはヒュッと息を呑み、そろりと両親に目を向けた。

笑顔で頷く母を見遣り、再び視線をジェイドに戻す。

「昨夜も告げた通り、本当に深い意味は無いのです。気を悪くさせてしまったら恐縮ですが、どうか無かった事に」

夜会で睨まれた時のことを思い出し、怒られはしないかと躊躇する気持ちもあったのだが、忙しい中わざわざ足を運んでくれた彼に、不誠実な真似は出来ない。

「……そうでしたか」

ふむ、と困ったように首を傾げる立ち姿すら美しく、こんな素敵な人が何故自分に求婚するのか、いよいよ以て理解不能である。

貴族令嬢ならば、誰もが縁付きたいと願う四大公爵家。

そのうちの一つ、トゥーリオ公爵家の次男……揶揄われているだけなのではと次第に不安になり、ミリエッタは身構えた。

「それでは尚更、突然の求婚に驚かせてしまいましたね」

急に警戒心を露わにした様子に気付き、ジェイドは少し傷付いたように眉を下げる。

突然降って湧いた婚約話。

ハンカチを貰った手前仕方なく来たのか、婚約者探しに難航する自分を憐れに思い同情してくれたのか、はたまた面白半分で揶揄っているだけなのか。

いずれか判断が付かず、ミリエッタは混乱する。

そのすべて、というパターンもあるわね……。

何やらどんどん悪い方向へ考えてしまい、今にも人間不信になりそうである。

「ですが……無かった事になど、したくはないのです」

眉を顰めて考え込んだミリエッタに思うところがあったのか、ジェイドはゆっくりと言葉を重ねる。

「信じてもらえないかもしれませんが、本気です」

真っ直ぐに向けられた真剣な眼差しに、ミリエッタはゴクリと喉を鳴らした。

……あとから間違えましたと訂正しても、問題ないと聞いていたのに。

「あ、あの、トゥーリオ卿」

「ジェイドとお呼びください」

「その、……ではジェイド様」

「はい、なんでしょう？」

「いくらなんでも、こう、あまりに急過ぎるのではないかと」

適当にハンカチを渡しただけなのに、なにゆえこれほど御大層な話になってしまったのか。

訝し気な表情を浮かべるミリエッタに向かってにこりと微笑んだ後、ジェイドは少し躊躇いがちに口を開いた。

「実を言うと、昨夜は感激して眠れませんでした」

照れくさそうに告げる様子があまりに眩しく、全く以て現実味が感じられない。

「昨日の今日でご迷惑(めいわく)かとも思ったのですが、居ても立っても居られず、お伺(うかが)いしてしまいました」

理解が及(およ)ばず絶句するミリエッタを安心させるように、優しく言葉を投げかける。

あらまぁと母の嬉(うれ)しそうな声が聞こえたが、もはやそれどころではない。

「おおお待ちください。あまりに急なお話で、いきなり婚約と仰(おっしゃ)いましても」

「ご安心ください！　意に染まぬ結婚(けっこん)を無理(むり)強いする気はありません」

強引(ごういん)に婚約を迫るわけではなく、意外にもミリエッタの意向を汲(く)んでくれるらしい。

「ですが少しでも私を知ってもらい、願わくば心の片隅(かたすみ)に置いていただきたい」

本人の意図するところではなさそうだが、生来の高貴な血筋が為せる業(わざ)なのか、なし崩しに首を縦に振ってしまいそうなオーラを発している。

お母様の厳命でこうなったのだから、どうにかしてください！

助けを求めるように再度両親へ目を向けると、伯爵夫人(はくしゃくふじん)は訳知り顔で頷き、「娘(むすめ)が承(しょう)諾(だく)すれば、我々は何の異存もございません」と、ジェイドへの援護射撃(えんごしゃげき)を乱れ打つ。

――ち、ちがうちがう！　そうじゃない！

予想外の方向へ飛んだ援護射撃に及び腰(ごし)で顔を引(ひ)き攣(つ)らせ、ジェイドから後退(あとずさ)るように距離を取る。

ハンカチを渡すだけだから重く考えずとも大丈夫だと、背中を押してくれたのは、誰だったか。

「そういえば、最近人気でなかなかチケットが取れない芝居があるのですが、偶然二枚、手に入りまして」

少し遠ざかった距離を以てしても体格差があるため、特に威圧している訳ではないのに圧倒されてしまう。

「折角なのでお誘いしたいのですが如何でしょうか。改まった場ではなく観劇だけですので、お気遣いは無用です。丁度仕事も閑散期。差し支えの無い日程をお伺い出来れば、お迎えに上がります」

ミリエッタは無理矢理微笑みを浮かべ、受けようかお断りしようか悩んでいると、その気配を察知したのかジェイドが心配そうに膝を曲げ屈んだため、真っ直ぐに視線が交差する。

「あ、あの、……ッ」

真正面から見つめられ、どうしてよいか分からず目を泳がせたミリエッタに、ジェイドは言葉を続けた。

「三日後と五日後ですと、どちらが御都合宜しいでしょうか」

「え、ええッ⁉　どちらかというと、五日後のほうが……」

「承知しました。それでは、五日後の昼過ぎにお迎えに上がります。詳しいお時間は後ほどご連絡いたします」

あ、しまった、と気付いた頃には、時既に遅し。

思考停止状態で頷いたミリエッタは、流されるまま二人きりのデートを承諾してしまうのであった――。

その夜、魂が抜けたようにぼんやりとドレッサーチェアに腰を掛けるミリエッタ。

朝の一件が衝撃的過ぎて、気付くとジェイドの事を思い出しドキドキしてしまい、父から頼まれていた翻訳作業が残っていたのに、今日は一日何をしても全然身が入らない。

なにがどうしてこうなった？

数時間が経過してなお急展開に思考がショートし、半ば放心状態で寝返りを打つ。

ハンカチを渡した事に起因する、余りにも不可解な婚約の申し出に、考えても考えても一向に最適解が導き出せない。

幼い頃から読書や勉強が大好きだったミリエッタ。

内向的なミリエッタを心配し、両親が同年代の令嬢と引き合わせた事もあったのだが、共通の話題も無く、かといって話を振っても噛み合わず、緊張で顔を赤らめながら一生懸命話す姿を周囲の大人達に笑われ——本当は頑張る姿が可愛くて、笑みが零れただけなのだが——ミリエッタは幼心に傷付き、すっかり自信を失ってしまった。

友達を作るのはこんなに難しいものなのかと半ば諦め心地で過ごした幼少期。

せめて得意な勉強で両親の期待に応えようと部屋に籠もって勉強ばかりしていたからか、王立学園に通う前年には中等教育の範囲をすべて学び終えてしまった。

より高度で専門性の高い知識を得たいと願うミリエッタに、それではと暇を見つけては兄のアレクが勉強を教えてくれていた。

「王立学園は中等部の飛び級は無く、基礎的な事を一から三年間学ぶ事になる。交友関係を広げる目的であればそれでも構わないが、ミリエッタはどうする？　難しい勉強をしたいのであれば、学校に行かず家庭教師を雇って領地で学ぶ事も出来るよ」

習得度を確認したアレクが両親に伝え、ミリエッタ本人が選んでよいという。

今まで友達と呼べるような同年代の知り合いもおらず、進学すれば友達が出来るかもしれないという期待もあったのだが、それ以上に知識欲が勝ってしまい、王立学園へは入学せずそのまま領地で勉強を続けることにした。

優秀な家庭教師を雇い入れ、課題をこなし専門書を読む傍ら、巷で流行っている大衆小説——それも騎士が相手の恋物語に憧れ、大人になればこんな素敵な恋が出来るのだと期待に胸を膨らませ、表紙が擦り切れるまで繰り返し読み耽る日々。

そんな中、父の仕事相手に連れられて、年の変わらぬ御令嬢達が伯爵邸に遊びに来たのだが、これまでが嘘のように話が合い、好きな本から始まって将来の夢や恋の話……一緒に過ごす時間はとても楽しく幸せで、少しずつミリエッタの世界が広がって行く。

親友と呼べる友達が出来、領地経営を手伝ったり翻訳の依頼を受けたりと、生活にも徐々にハリが生まれ、待ちに待ったデビュタントの日を迎えたのだが。

これほど沢山の人が集まる場所は初めてな上、幼少期に人前で失敗した記憶まで蘇り、気後れして声も出せずに俯くばかり。

兄のアレクと踊ったファーストダンスではステップを誤り、足を踏み付けるという初歩的なミスまで犯してしまい、恋をするどころか、情けなさと恥ずかしさでそのまま消えたくなってしまった。

ダンスの後、落ち込むミリエッタを気遣いアレクが会場の隅へと連れ出し、「辛いならもう帰るか？」と声を掛けてくれたのだが、やはり最後までやり遂げようと勇気を振り絞り、会場に居続ける決意をする。

ダンスを誘ってくれた男性もいたのだが、ステップを間違えないよう足元を見るのに精一杯で会話に集中出来ず、緊張のあまり話した内容どころか顔すらも覚えていない。それでも誘ってくれた事が嬉しく、終わった後に笑顔でお礼を伝えた記憶はあるので、失礼は無かったと思いたい。

だがその後参加した初めての夜会では、年頃の令息に目を逸らされ、歩み寄れば俯き逃げられ、何がいけないのかも分からないまま途方に暮れる。

唯一目が合う四人組の男性は、明らかに他の貴族令息達と雰囲気が異なり、目が眩みそうな程に麗しい上、その内一人には何故か怖い目で睨まれてしまう。

さらには遠巻きにする令嬢達が話し掛けたそうに見ているため、身の程を弁え速やかに対象から除外する。

その日は兄と一緒に会場を回り、お年を召した諸侯達に話し掛けられるうち、何が起こるでもなく終わってしまった。

帰宅するなりベッドに突っ伏して落ち込み、このまま結婚出来ないのではと自分の殻に閉じこもる。

何故避けられ目を逸らされるのか、睨まれるのかも分からず、なけなしの勇気を振り絞る気力も湧かず、招待状が届いても行きたくないとすべて断り続けた。

昔はもっと上手に、自分の思いを伝える事が出来たのに。

日を追うごとに自信が無くなり、言いたい事も言えず内に呑み込む事が増えてくる。

「夜会なんて、もう行きたくない！　どうせ上手くいかない……誰も私の事なんか、好きになってくれないもの！」

心配して部屋を訪ねた伯爵夫人――母が、ベソを掻きながら弱音を吐くミリエッタを見兼ねて、「直接話し掛けるのが難しければ、刺繍のハンカチを渡してみたら？」と、提案をしてくれたのはつい先日のこと。

「でも、誰も貰ってくれなかったら？」

「想いを込めたプレゼントを断る男性なんて、論外だわ。むしろ断られて良かったと思いなさい。……失敗しても恥ずかしい事なんて一つもないわ」

励ますように微笑む母に少し元気を取り戻したミリエッタは、涙でぐしゃぐしゃの顔でベッドから起き上がり、ぎゅっと抱き着いた。

「誰に渡したら良いか分からない時は、いつも夜会で話し掛けてくださる公爵閣下にでも伺うといいわ。色々な事をご存知だから」

小さな子どもをあやすように、よしよしと背中を優しく撫でられる。

「それにうちは経済的にも困っていないし、アレクという立派な跡取りもいるから、そんなに思い詰めなくてもいいのよ？」

うふふと微笑み、それから気合いを入れるようにミリエッタの背中をパシリと叩いた。

「最初で最後だと思って、誰でもいいから渡してきなさい！　駄目なら駄目でいいから、その時は家の仕事を手伝ってちょうだい！　お願いしたい事はいっぱいあるの」

そんな感じで発破を掛けられ、『適当』な方に渡した結果、まさかこんなことになろうとは！

　うん駄目だ、考えても考えても分からない。

「ねぇハンナ、ジェイド様はどうして求婚したのかしら？」

「トゥーリオ卿でございますか？」

　ミリエッタに問いかけられ、湯上がりの髪を丁寧に梳いていた侍女のハンナは考え込むように手を止めた。

「あんなに素敵な方だもの、黙っていても釣り書きが沢山届くはずでしょう？　揶揄っているのか、それとも何かの罰ゲームなんじゃないかしら」

「噂で聞く限りで恐縮ですが、女性をその気にさせて揶揄う方ではなさそうですよ」

「では何かの手違いとか？　私なんかに求婚してもジェイド様には何の得にもならないし……もしかしてやむを得ない事情がおありなのかもしれないわ」

　俯き、溜息を吐いたミリエッタを元気づけるようにハンナは言葉を掛ける。

「何を仰いますか！　お嬢様は大変魅力的でいらっしゃいます。こんなに素敵な御令嬢は、どこを探してもおりません！」

「またそんなことを言って……そんな訳ないのに」

「いいえ、お嬢様が信じてくださるまで何度でもお伝えしますよ？　何といっても王国一の御令嬢ですからね」

「ふふ、ありがとう。でもやっぱり、お断りしたほうが良い気がするわ」

　伯爵家に古くからいる侍女ハンナは、穏やかな物腰と面倒見の良さから侍女仲間にも慕われており、幼い頃からミリエッタの良き理解者でもある。

「お嬢様はもっと自信を持つべきです。そのようにご自身を卑下なさることが、私はいつも悲しくて堪りません。仮にやむを得ない事情があったのだとしても、良いではありませんか。これをきっかけに素敵な恋が出来るかもしれませんよ」

「……そうかしら？」

「そうですとも、折角誘ってくださったのですから、お断りなどせず楽しんで来ればよいのです！　五日後が楽しみでございますね。お嬢様が楽しく過ごせるよう、私も陰ながら祈っております」

「ハンナったら……そうね、それに一度応諾したのに私の我儘で今からお断りしたら、失礼になってしまうものね。もし何か失敗しちゃったら、また話を聞いてくれる？」

　怒涛の展開に気持ちが付いていかず、本当に二人きりで大丈夫かと心配だったが、ハンナのおかげで少し前向きな気持ちになれた気がする。

「勿論です。ハンナはいつだってお嬢様の味方です。さぁ夜も更けて参りましたので、そろそろお休みくださいませ」

　微笑み部屋を後にするハンナを見送り、ミリエッタはゆっくりとベッドに横たわった。

未だ理由は分からないが、あんなに素敵な男性に誘われればやはり嬉しく、ふわふわと浮き立つ気持ちは否めない。

夜々中まで考えを巡らせた後、久しぶりにぐっすりと眠りに落ちたのである。

「……え？」

件の夜会で突然ハンカチを渡された近衛騎士、ジェイド・トゥーリオは震える手で、だが皺にならないよう慎重に、折りたたまれたハンカチへと目を向けた。

不可侵の天使に手渡された、想い人へ贈る刺繍のハンカチ。

去り際、引き抜かれた手の名残惜しさに、茫然自失し立ち尽くす事しか出来なかった。

勿論ミリエッタにそんな気が無い事は分かっているのだが、このチャンスを逃すつもりは毛頭無い。

帰路に就く馬車の中、ジェイドは口元に薄い微笑みを湛えた。

逃がす気はない。

――どんな手を、使ってでも。

2 多忙を極めた五日間

観劇は夕刻からだが、ゴードン伯爵邸から王立劇場まで馬車で二時間程かかるため、昼過ぎに迎えに来るとのことだった。

早めの昼食を済ませ支度を終えたミリエッタは、時間が余ったので本でも読もうかしらと書庫に向かうと、廊下を曲がったところで母と出くわした。

「ねぇミリエッタ、……お約束は確かお昼過ぎだったかしら？」

そこには、少し困り顔の伯爵夫人。

どうしたのだろう？

やはり嫌になって、直前にお断りの連絡でも来たのだろうか。

「いえ、実はね……ああ、ちょうどこの窓から見えるわ。こちらに、いらっしゃい」

手招きされて、窓から外を覗くと、トゥーリオ公爵家の紋付き馬車が裏門の近くに停まっているのが見える。

「お時間まで、まだ一時間以上ありますが……予定より早く、到着されたのですか？」

ミリエッタの問いに、珍しく返答に窮した様子で母が声を潜めた。

「んー、それがね……あの馬車、実は朝の七時頃から屋敷の近くにいるのよ」

「え？　し、七時ですか⁉」　それならばジェイドではないだろう。

いくらなんでも早すぎる。

「でもトゥーリオ公爵家の紋が彫られているでしょう？　もしやと思って様子を窺っていたのだけれど」

早朝に現れたトゥーリオ公爵家の馬車は、一定の間隔で動き出し、グルグルと屋敷の周りを回っては停まり、またしばらくして動き出す……の繰り返しなのだという。

「もしかしたら、ジェイド様がお時間を間違えて、困っていらっしゃるのかもしれませんね。少し早いですが、お声がけをしても宜しいですか？」

なにか良からぬ者だと危ないので、念のため護衛騎士を遣り確認してもらいましょう。

何事も無いと良いのだけれどとミリエッタは呟き、心配そうに窓の外へと目を向けた。

「少し早めに到着したのですが、失礼かと思い、お声がけ出来ずにおりました」

『少し早め』の定義が不明だが、爽やかに微笑むジェイドにそれ以上は何も言えず、「そ、そうだったのですね」と伯爵夫人が小さく頷き侍女に申し付けると、扉の開く音と共に二階の奥からミリエッタが現れた。

透けるような白い肌に、薄桃色の髪とエメラルドのような瞳。

身に纏うドレスは淡い紫の生地にレースと刺繍が重ねられ、身体の曲線を控えめながらも露わにする。

「お待たせして申し訳ございませんでした。本日はお忙しい中御足労いただき、ありがとうございます」

歩み寄るその姿に、ジェイドの目がビー玉のように丸くなる。

ミリエッタに目が釘付けになりながら、手が滑ったのか持っていた大きな花束をバサリと床に落としてしまった。

「――あの、ジェイド様？」

それきり動かなくなったジェイドに困惑しつつ、落ちた花束を拾ってもよいものか逡巡し遠慮がちに伺うが、答えが返ってこない。

ミリエッタを見つめたまま魂が抜けたようにぼんやりと立ち尽くすジェイドの様子に、具合でも悪くなったのかと心配になってしまう。

「ジェイド様、どうかされましたか？」

「あ、いえ、申し訳ありません。あまりの美しさに言葉を失ってしまいました」

声掛けされ、ハッと我に返ったジェイドの褒め言葉に、ミリエッタは頬を染め恥ずかしそうに俯く。

「そ、そんな、美しいだなんて……あの、男性とのデートが初めてだったので、何を着て行こうか迷ったのですが、お気に召していただけて何よりです」

「……え？　その装いは、私のために？」

再び動きを止め思わずといった様子で口元を手で覆い、耳までほんのり紅く染め嬉しそうなジェイドを前に、少し迷った後ミリエッタはコクリと頷いた。

「つまり、求婚を前向きにご検討いただけると……？」

誰も一言も、そんな事は言っていない。

思考が飛びがちなジェイドに、ミリエッタが左右にブンブンと勢いよく首を振り否定すると、へにゃりと眉尻を下げて一瞬目を伏せたジェイドが、気を取り直すように口を開いた。

「とても！　とてもよくお似合いです。藤の花のように気品溢れる柔らかな色合いのドレスがミリエッタ嬢の美しさを引き立て、まるで野に舞い降りた天使のようです」

「えええ⁉　あああ、あり、ありがとうございますっ！」

突然スコールのように称賛の言葉を浴びせられ、恥ずかしくなり堪らず一歩後退る。

こんな平凡な自分を褒めちぎるジェイドに慄き、ミリエッタは助けを求めるように母へと視線を向けるが――あ、あれ、目が合わない。

「……これはダメだ、他の男には見せられない。個室を取って正解だな」

頬をほんのり紅く染め、訳の分からない事を呟き出したジェイドと、チラチラと視線で助けを求めるミリエッタのやり取りについに堪え切れなくなったのか、プッと吹き出した伯爵夫人がパチンと手を打ち、二人の間に割って入った。

「さぁさぁ、いつまでも立ち話をしていると日が暮れてしまいます！　準備が出来たのだから、楽しんでいらっしゃい！」

面白過ぎるやり取りに、もうこれ以上は見ていられないと、早々に馬車に押し込まれた二人は、予定より一時間以上も早く王都に向け出発したのである。

ミリエッタに渡すつもりだったのだろうか。

すっかり忘れられ床に置き去りにされた巨大な花束。

「トゥーリオ卿……少し変わった方なのかしら？」

二人が去った後、伯爵夫人はポツリと呟き、ミリエッタの部屋へ花を飾るよう指示を出したのであった。

さすがは公爵家の馬車。

王都中心部まで道が舗装されていることもあるが、揺れも最小限に留められ、伯爵家の馬車と比べ段違いに快適である。

「少しお時間も早いようなので、差し支えなければ、王立劇場の近くを散策しませんか？」

「あ、はい……」

ゆうに百八十センチを超えようかという鍛え上げられた巨軀、それも家族以外の男性と狭い車内に差し向かいで二人きりなど初めてである。

身を乗り出すように話し掛けられると距離が縮まり、圧迫感に身が縮こまる。

「最近出来たのですが、とても美味しいスイーツのお店があるんです」

「そうなんですね……」

だめだ、全然上手く話せない。

緊張のあまり膝の上で拳を握り締め、ミリエッタは落ち着きなく何度も窓の外に目を向けた。

少し怯えた様子で、顔を強張らせていたことに気付いたのだろうか。

程なくしてジェイドは身を乗り出すのを止め、ゆったり座席に掛け直し、一定の距離を保ちながら怖がらせないよう優しく話し掛けてくれるようになった。

「どんな花がお好きか分からなかったので、全種類の花を包んでもらいました」

「まぁ、それであんなに大きな花束に！」

床に落とした大きな花束を思い出し、ミリエッタがクスリと笑うと、ジェイドが嬉しそうに口元を綻(ほころ)ばせた。

「ああ、やっと笑ってくれた」

「も、申し訳ございません」

「いえ、そういう意味ではなく、実は自分から女性をデートに誘(さそ)うのは初めてでガラにもなく緊張してしまい、上手く話せているか心配していたのです」

「えっ？　私も……、私もです！　男性に誘われるのは初めてで緊張してしまい、折角話し掛けてくださったのに、先程(さきほど)から私のせいで会話が途(と)切(ぎ)れてしまい、ずっと申し訳なく思っておりました」

ジェイドも実は同じように緊張していたのだと分かり、ミリエッタがほっとして思わず胸の内を伝えると、「では同じですね」とにこやかに返してくれる。

夜会では騎士服だったこともあり、無骨な印象を持っていたが、翌日に婚約申(こんやくもう)し込(こ)みのため領地を訪(おとず)れた姿はむしろ、洗練された貴族令息そのものであった。

夜会の度に睨(にら)みつけられ、あまり良い印象が無かったのだが、実際に話してみると高位貴族にありがちな横柄(おうへい)さもなく、よくよく観察すると少々不器用な面があるものの物腰(ものごし)は柔らかく、ミリエッタを尊重しようとする姿が見て取れる。

「失礼がないか心配しなければならないのは、ミリエッタ嬢ではなく、むしろ私のほうです。普段無骨な男達ばかりを相手にしていますので、知らず威圧的になり怖がらせてしまったかもしれません。もし不快に感じる事があれば遠慮なく仰ってください」

その後も終始笑顔で話し掛けてくれ、垣間見えるジェイドの優しさにミリエッタの緊張感が和らいでいく。

「本日はこうやって一緒に出掛ける機会を得る事が出来、とても光栄に思っています。夜会では何度か目が合った事もあるのですが、ご存知でしたか？」

「はい、存じております。ジェイド様にはその……あの、睨まれている気がして少し怖かったのですが」

「えっ⁉　俺が睨む⁉」

驚いたあまり素に戻ったのだろうか、『私』だった一人称が『俺』になっている。

「嫌われていると思っていましたので、先日助けてくださった時は驚きました。あの時は本当に、ありがとうございました」

改まってミリエッタが礼を述べると、驚きすぎて声も出ないのか肘を膝の上に立てるようにして頬杖を突き、そのまましばらく考え込んでしまった。

何か失礼なことを言ってしまったのだろうか。

ゴクリとミリエッタが息を呑むと、ジェイドは姿勢を正し、右手を差し出した。

「ミリエッタ嬢、手をお借りしても？」

真剣な様子に嫌とは言えず、上向けた右手に向かい恐る恐る手を伸ばすと、その指先にまるで壊れ物を扱うよう慎重に、優しく触れる。

そっと引き寄せ、目を伏せるとそのまま手の甲へ唇を落とした。

「〜〜⁉︎」

じっと見つめられドキドキと早まる鼓動を抑えきれず、もしかしたらジェイドに伝わってしまうのではないかと頰を上気させながら心配していると、触れていた手を離し、畏まって口を開いた。

「嫌うなどとは心外です。貴女を恋い慕うこの愚かな騎士に、今一度チャンスをいただけますか？」

「まぁ！　ジェイド様ったら、揶揄ったんですね⁉︎」

「あははは！　いや、揶揄ったつもりはありません。そもそも睨んでなどいないし、ましてや嫌うなど以ての外です」

恥ずかしさのあまり上気した頰を隠すように両手で押さえ、潤んだ目で訴えるミリエッタの耳に、楽しそうな笑い声が届く。

「怖い思いをさせてしまい、申し訳ありませんでした」

夜会で睨みつけられた時が嘘のように、柔らかく温かい眼差しをミリエッタに向ける。

こんなに優しくミリエッタの気持ちに寄り添ってくれるジェイドに、なんだか申し訳ない事をしてしまったと自分の浅はかさを反省するばかりである。

その後も気遣うように話し掛けてくれるその気持ちが嬉しくて、言葉を返すうちに少しずつ緊張がほぐれていった。

程なくして目的地に到着し御者が扉を開けると、ジェイドがエスコートをしてくれる。

「少しだけ歩きますが宜しいですか？　歩き疲れたら抱き上げますので、いつでもお申し付けください」

茶目っ気たっぷりの表情を見せるジェイドにつられて笑顔になり、コクリと小さく頷いた。

「遠慮は無用です。柔な鍛え方はしておりませんので、片腕でも余裕です」

「ふふ、そんなことをしたら、ジェイド様が疲れてしまいます」

後で試してみますかと真面目な顔で冗談を言いつつ、手を添えるよう早く早くと腕を差し出してくる。

思わず吹き出したミリエッタは馬車に乗った時の緊張が嘘のように消え、自然とその腕に手を添えることが出来た。

「ジェイド様は、すごいわ」

慣れないデートに硬くなるミリエッタの緊張を解し、スマートにエスコートしてくれるジェイドに、感嘆の息をつく。

「実を申しますと私は背も低く、すぐ道に迷ってしまうため、人混みがあまり得意ではないのです」

努力して出来るようになる事もあるが、如何せん方向音痴は直らない。

「……ですが、ジェイド様がエスコートしてくださるなら、安心ですね」

逞しい腕に手を添え、下から見上げるように微笑むミリエッタ。

ジェイドの身体がビクッと硬くなり、次の瞬間全身を真っ赤に染め、ミリエッタから顔を背けた。

具合でも悪いのだろうかと心配になって腕に触れる手に力を籠めると、何やら小刻みに震え始める。

自分の発言で気分を害し怒らせてしまったのだろうかと不安になり、添えた手を引こうとした瞬間ジェイドが向き直り、感極まったかのように一度天を仰ぐとミリエッタの両肩に手を置いた。

「いつでも……お望みならば、いつでもエスコートします」

「!? あ、ありがとうございます」

一瞬抱きしめられるのかと勘違いし、先程のドキドキがまたもやミリエッタを襲う。

恥ずかしさで火照った身体を冷まさねばと後退ろうとしたところで、ジェイドが徐にミリエッタの手を握り締め、目的の店へと嬉々として歩き始めた。

「え、ちょ、ジェイド様！」

「ご安心ください、目的地まであと数分程度です。十メートル先に見える看板を曲がった場所にありますので、私が責任を持ってご案内します」

「いえ、その違くて、手が……手がッ⁉」

彼の琴線に触れてしまったのだろうか。

まるで任務にあたるように目を配りながら、優しくミリエッタの手を引くジェイドの耳に、もはや周囲の雑音は届いていないらしい。

かくして二人は無事、スイーツの店へと辿り着いた。

店の一階には人が溢れ、席待ちの行列が出来ている。

二人が店に近付くとオーナーだろうか、奥から三十前後の女性が走り寄り、ジェイドと言葉を交わした後、裏口から二階にある少し広めの個室へと案内される。

一階席は多くの客で賑わい庶民的な雰囲気だったが、二階は一転して品のある調度品が並べられ、スイーツ店というよりは高級レストランのようだった。

「落ち着いた雰囲気の素敵なお店ですね！　ジェイド様、ありがとうございます」

「喜んでいただけて何よりです。実はここ、うちが出資をしているお店なんです。二階は予約席となっていまして個室が四つあるのですが、本日は予約客がいなかったため、二階を丸ごと貸し切りにしてもらいました」

ミリエッタから感謝の言葉を贈られ、嬉しそうなジェイドが丁寧に説明をしてくれる。

給仕によって運ばれてきた調理ワゴンには、季節のフルーツが盛られたケーキに、シュークリーム、クッキーやチョコレート等、色とりどりのスイーツが所狭しと並べられ、目を楽しませてくれる。

「美味しそう……」

こんなに沢山あると迷って選べないわ、とミリエッタが悩んでいると、先程案内してくれた女性が給仕に続き入室した。

「ようこそお越しくださいました。私は当店のオーナーパティシエ、マーリンと申します。もし宜しければ、本日のおすすめ『クレープ・シュゼット』は如何でしょうか」

マーリンの言葉を受け、ジェイドも続けて口を開く。

「この店は『クレープ・シュゼット』が絶品です。目の前で焼いてくれるので、苦手でなければ是非」

二人に薦められ、それでは折角だからと注文すると、マーリンがクレープを薄く手焼きし片手鍋に入れ、他の材料と一緒に煮込んでいく。

仕上げにとフランベした瞬間、ボッと音を立てて片手鍋から炎が上がり、室内に甘い香りが立ち込めた。

取り分けられ、フルーツを添えた皿が目の前に運ばれると、それまでマーリンの手元を楽し気に見つめていたミリエッタが、思わず「わぁっ」と小さく歓声(かんせい)をあげる。

タイミングを同じくしてティーカップに紅茶が注(つ)がれ、給仕とマーリンが退室すると、「まだ熱いので、気を付けてお召し上がりください」とジェイドが優しく声を掛けた。

ソースをたっぷり付けて頬張(ほおば)ると、オレンジの良い香りが口腔(こうこう)内から鼻腔をつく。

焼き立てのもちもちした生地の美味しさに、ミリエッタは蕩(とろ)けるような笑顔をジェイドへ向けた。

「美味しい！　こんなに美味しい『クレープ・シュゼット』は初めてです。素敵なお店に連れて来てくださり、ありがとうございます！」

頬に手を当て喜ぶ姿に、ジェイドも嬉しそうに相好を崩(くず)す。

剣(けん)ダコだらけの指からは想像が出来ないほど優雅(ゆうが)に切り分け、ミリエッタが口に運ぶタイミングに合わせて、彼もまた自身の口へと運んでいく。

少し休憩(きゅうけい)をしようと手元のティーカップを傾(かたむ)けたミリエッタは、一口飲んで驚いたように目を瞠(みは)った。

「……ッ！　こちらのお店は、随分(ずいぶん)と珍しい茶葉を扱っていらっしゃるのですね」

爽やかな香りの中に、ほんのりとした甘み。

わずかな渋(しぶ)みが口内に広がり、甘くなった舌を中和する。

「つい先日、ドラグム商会が珍しくゴードン伯爵領を訪れまして」

四大公爵家の一つ、オラロフ公爵家が運営するドラグム商会。

大陸を跨ぎ各国の珍しい特産品を扱っているのだが、贅沢品が多いため、質素倹約をモットーとするゴードン伯爵領へは滅多に立ち寄らない。

ところがつい先日、珍しい茶葉が手に入ったから是非にと訪れ、ミリエッタも同席し、いくつか試飲をさせてもらった。

その中で数点、気に入ったものを購入したのだが、先程口にした紅茶はその中の一つである。

「品質も良く、お値段も手頃だったため購入したのですが……まさかここで飲めるとは、思いもよりませんでした」

「それは、偶然ですね。公爵家でも好評だったので、まとまった量を購入し、店に卸したところです。こちらの茶葉は高地で摘まれるのですが、標高で味が変わるそうですよ」

ジェイドが解説をすると、ミリエッタがキラキラと目を輝かせ、飴色の液体を再度口に運ぶ。

「とてもお詳しいのですね！　こちらは恐らく標高二千メートル帯で摘まれた物かしら」

「はい、仰る通りです」

気のせいだろうか、心なしかジェイドの頬が少し強張った。

「お薦めいただいたスイーツとの相性も素晴らしいです」

「……そうですね」

ああ、他にはどんなスイーツが合うかしら。

その場合は、あれとこれと……。

スイーツと紅茶のマリアージュを、夢中で語り始めたミリエッタだったが、ふと顔を上げ、ジェイドを真正面から見つめた。

「一番摘みですと、どのスイーツが合うと思われますか？」

ワゴンに並べられたスイーツを、ミリエッタはうっとりと思い出す。

「ああでも、渋みが強いから、ミルクティーのほうが良いかもしれないわ。ジェイド様はいかがですか？」

まさか紅茶談議に花を咲かせられるご令息がいるとは！

予想外に博学なジェイドに嬉しくなったミリエッタは、次から次へと矢継ぎ早に質問を投げかける。

もはやデートであることをすっかり忘れ、仲のよい友人とお茶をしているような心持ちのミリエッタ。

「もし宜しければ、先程のオーナーパティシエをお呼びしましょう。彼女であれば、きっと満足のいく提案をしてくれるはずです」

ミリエッタの楽し気な姿を嬉しそうに見つめながら、ジェイドはテーブル上の呼び鈴を軽やかに鳴らしたのである。

玉の輿を狙う御令嬢達に迫られる事も多い、トゥーリオ公爵家次男、ジェイド。

何事も経験だと友人達に諭され、告白されるがまま何度か付き合ってはみたものの、手を繋いでも何の感動も無く、一緒に居ても何が楽しいのかよく分からず、特に話す事も無いので時折相手の話に相槌だけ打ち、その場をやり過ごすばかりであった。

その無関心ぶりに相手が激怒し、いつもすぐに振られてしまい、段々嫌気が差して女性を避けるようになった学生時代。

だが今回は——今回ばかりは、失敗する訳にはいかないのである。

ミリエッタへの想いは、言わば遅い初恋。

これまで女性に対して何の興味も湧かず、触れられてもむしろ気障りでしかなかったのだが、あの頃が嘘のように今は触れたくて仕方がない。

そういえば以前騎士仲間が、「イケそうだと思ったら、一気に行った方がいい」と飲みの席で話していた。

イケそうかどうかは不明だが、押すなら今しかない、という確信はある。

婚約の申し込みが保留となったため、今回のデートを足掛かりに是非とも次に繋がる約束を取り付けたいのだが、まずは楽しんでもらえないと話にならない。

帰宅後すぐ公爵夫人である母に相談し、観劇はどうかと提案されたため、芝居好きで王立劇場によく足を運ぶ兄からプレミア付きの人気チケットを無理矢理奪……譲り受ける。

早めに到着出来れば観劇後の夕食だけでなく、観劇前に女性が好みそうなスイーツを御馳走出来る機会があるかもしれない。

一緒に過ごす時間は、長ければ長い程良いに決まっている。

善は急げと、王立劇場近くで飲食可能なスイーツ専門店を物色しに行ったが、ミリエッタの好みに合いそうな店が見つからない。

早々に予約を諦め、それでは思い通りに改装してやろうと事前調査で判明していた情報を元に、これまで使い途の無かった私財で人気のスイーツ店を丸ごと買い上げた。

さらにドラグム商会を呼び出し、ミリエッタが好きそうな珍しい紅茶を数点提案させるが、如何せん値段が高い。

それなら差額を払うからと、半分の金額で提示するよう依頼し、ゴードン伯爵領へと向かわせたのが四日前。

思惑通り、気に入った紅茶をミリエッタが購入し、同じものを店用に仕入れたのが三日前だ。

加えてスイーツ店の改装も必要なため、トゥーリオ公爵家御用達の職人を急ぎ手配する。一階は現在営業中、しかも間に合わないので二階のみを改装し、完了したのが二日前。

同時進行で、スイーツが得意な公爵家の料理人に声を掛け、オーナーパティシエとして雇い入れようと画策する。

どんなに腕が良くても、男はダメだ。

あまりの美味しさに、ミリエッタが話し掛けてしまうかもしれない。

運が良ければ女性ならではの目線でアドバイスが貰えるかもしれないと、予てより自分の店を持ちたいと語っていた女料理人のマーリンに白羽の矢を立てた。

なお、本件については父から事前に了承を得ているため、何ら問題はない。

ご令嬢の興味を引くには、やはりライブ感があったほうが良いとの事で、改装されたスイーツ店二階のキッチンで、スイーツ作りの特訓を開始したまでは良かったが。

……料理人は騎士同様、序列の厳しい体育会系。

特訓は深夜にまで及び、段々と熱を帯びてくる。

「全然駄目だ、お前の本気を見せてみろ！」

「ハイッ！」

「成功報酬も出してやる！　王都で夢だったスイーツの店が持てる、これは凄いチャンスだ！」

「ハイィッ！」

「いいぞ！　これだ、この味だ！」

「うおお、ありがとうございます！　ジェイド様、私ついに夢が叶うのですね！」

さりげなく同じ動作をすると、相手に親近感を与える事が出来るという素敵な情報まで入手し、あとは決戦の時を待つだけと、満足感に満たされながら公爵邸へと帰宅したのが、前日の夕刻。

　マーリンとの激しい特訓でほとんど睡眠を取っていなかったため、食事もそこそこに湯浴みをし、さあ眠ろうと横になるが、緊張と高揚感で眼が冴え、全く眠くならない。

　さてどうするかと思い悩み、ミリエッタをよく知る者から入手した定期連絡の後段……『先の御予定に係る留意事項について申し添えます』以降を読み返す事にした。

　知識欲旺盛なミリエッタが興味のあるものを掘り下げ、会話を広げる事は大前提。

　内向的で遠慮がち、自信がない彼女は要望があっても言葉に出すのを控えるだろう。

　少なくとも二人の距離が縮まるまでは、わずかな反応も漏らさず注視し、気付いた事があれば積極的に話し掛けてあげて欲しい。

　また男性に慣れておらず恥ずかしがり遠慮をすると思うので、小さなときめきを大事にしながら嫌がられない程度に触れ合う場を演出することで、婚約への動機づけに繋がるのではないか、と記されている。

参考資料として同梱されていた愛読書……恋愛小説を二日前にすべて読み終え、使えそうなシーンを箇条書きにして復習し、ミリエッタの好きな紅茶について学ぶ。

勿論、これまでの調査で判明している趣味嗜好を鑑みた上で、デートプランも組み立て済である。

騎士としての経験上、理論は実地により初めて生きたものとなるため、額に入れて飾っていた件のハンカチを相手に、ロールプレイング学習にも余念無く取り組んだ。

入念な準備とシミュレーションも終え、満を持して準備をしたはいいが、このまま夜々中に眠りに落ち寝坊でもしたら一大事である。

ジェイドは寝台から起き上がると、徐に準備し部屋を出た。

その足で邸宅外れの使用人宿舎に向かうと御者を叩き起こし、事前に手配をしていた巨大な花束を抱え、そのままゴードン伯爵邸へと馬車を向かわせ、無事デートへ出発する。

途中馬車内で怯えている様子が垣間見られ、もしかして身体の大きいジェイドと距離が近く怖いのかと思い至り、少しでもリラックスしてくれればと、圧迫感を感じさせないよう身体を少し斜めに向けて話し続けていると、やっと微笑んでくれた。

緊張が解けてきたのが嬉しくて、夜会で目が合った話をすると、ジェイドに嫌われ睨まれている気がして怖かったと告げられる。

あまりのことに驚いてつい素に戻ってしまったが、この誤解は何を以てしても解かねばと、ミリエッタの手を取りそっと口付けした。

手の甲へのキスは『尊敬』や『敬意』を示すためのもの。

本当はミリエッタへ気持ちをその場で伝えたかったのだが、信頼を得ていない今の時点でジェイドの本気を見せられても、重荷になるだけだろう。

思い通りに伝えられず、白く細い指先をそっと離した時はもどかしく切なくて、でも何かしらの方法でそうじゃなかったんだと伝えたくて、つい冗談めかしてしまい揶揄っているのではと疑われてしまったが、彼女が微笑んでくれるのなら今はそれでも構わない。

腕を組み、手を繋げたのは嬉しい誤算だったが、そこからは計画通り。

店の雰囲気や内装に目を留め、『本日のおすすめ』に舌鼓を打ち、美味しい紅茶に顔を綻ばせるミリエッタを、思う存分目に収める。

店も料理も、気に入って当然。

なぜならミリエッタの好みそのままに、準備をしたのだから。

付け焼き刃の紅茶雑学も披露し、よしよしとほくそ笑んでいたジェイドだが、ミリエッタの次の言葉にピシリと固まった。

「とてもお詳しいのですね！　こちらは恐らく標高二千メートル帯で摘まれた物かしら」

「はい、仰る通りです（標高二千メートル帯？）」

「お薦めいただいたスイーツとの相性も素晴らしいです」

「……そうですね（スイーツとの相性？　この流れは計算外……これはまずい）」

「ああでも、渋みが強いから、ミルクティーのほうが良いかもしれないわ。ジェイド様はいかがですか？」

「……（…………知ったふりをしてごめんなさい）」

ワクワクと期待に満ちた眼差しを向けられるのは非常に嬉しいが、これ以上は厳しい。

「もし宜しければ、先程のオーナーパティシエをお呼びしましょう。彼女であれば、きっと満足のいく提案をしてくれるはずです」

ジェイドはついに観念し、テーブル上の呼び鈴を軽やかに鳴らした。

ちりん！

すわ緊急事態かと、慌ててマーリンが駆けつける。

タスケテ！

必死の目で訴えるジェイドの救援信号を受け取ったマーリンが、ちゃっかり成功報酬アップを示唆しつつ、ミリエッタの会話をすかさず拾う。

バトンは無事、生粋の料理人であるマーリンへと引き継がれた。

緊急事態発生時の合図を決めておいて良かった。

折角のデートなのに三人で過ごすのは想定外だが、ミリエッタが楽しんでくれるなら本望である。

仲良く紅茶談議をする女性二人に合いの手を入れながら、微笑むミリエッタを嬉しそうに見つめ、ジェイドは口元を綻ばせた。

「あら？　予定よりも随分と早いわね？」

観劇したにしては早い帰りに、出迎えてくれた母が首を捻る。

それもそのはず、実はあの後、紅茶談議に花を咲かせ三人で時間を忘れて談笑し、気付けば芝居の開演時間をとうに過ぎてしまっていた。

どうしましょうと慌てるミリエッタに、何故か嬉しそうなジェイド。

「実はこのチケット、明日も利用可能なのですが、いかがでしょう？　もし差し支えなければ明日改めてお迎えに上がります」

ぐいぐい来られ、脇からマーリンが「これを逃したら二度と観られないかもしれません！　絶対に、絶対に行った方がいいですよ！」と、必死に説得するものだから、言われるがまま頷いてしまったミリエッタ。

「うわぁぁぁあああ……!!」

明日に備えて早く寝ようと自室のベッドに横になった途端、馬車で手の甲に口付けしたジェイドを思い出してしまい、恥ずかしさのあまり両手で顔を覆いながら、ベッドの上を右へ左へゴロゴロと転がりまわる。

「もう……もうもう、反則だわぁぁ」

あんなに素敵に騎士の口付けをした上、貴女を恋い慕うなどと言われたら、ときめかない女の子などいる訳が無い。

ひとしきり悶絶して転げまわり、体力を使い果たしてぐったりと横たわったミリエッタは、真っ赤な顔で荒くなった呼吸を整えながら、ゆっくりと天井に両手をかざした。

腕に手を添え褒め称えると、全身を真っ赤に染めたジェイド。

実は緊張していたのだろうか、ミリエッタの手を握り締める手は少し汗ばんでいた。

「歩き疲れたら、抱き上げてくれるって」

片腕は、さすがに無理だわと可笑しくなって、ふふふと思わず笑いが零れる。

緊張してろくに話せず、ジェイドに呆れられるのではと心配していたけれど全くそんな事はなく、終始とても楽しそうに話し掛けてきてくれた。

まさか明日もデートをする事になるとは思わなかったけれど、仕方なく、といった様子には見えなかったし、面白半分で揶揄っている雰囲気でもない。

あとは婚約者探しに難航しているミリエッタに同情して、とも思ったが、そんな感じにも見えなかった。

凄く緊張したけれど、なんだかとっても楽しかったわ……。

先日の憂鬱(ゆううつ)な気持ちが嘘のように、少し楽しみになった明日を想いながら、ミリエッタは重い瞼(まぶた)を閉じたのであった。

薄暗く染まる景色の中、篝火に照らされて、王立劇場の外観が揺らめくように浮かび上がる。

エスコートを受けながら、楽しみですねとミリエッタが告げると、ジェイドが嬉しそうに頷いた。

開演前の場内は照明を落として適度に暗く、通路や階段には厚めの絨毯が敷かれ、観劇中に席を立っても、足音が消えるよう細やかな配慮が為されている。

細部まで施された重厚感のある装飾。

色鮮やかな極彩色の天井画は豪華絢爛で、格式の高さを感じさせる。

席間が少々狭い気もするが、案内された二階のボックス席には一人掛けソファーが二つ設置されていた。

座部は低めだがしっかりと視界が確保され舞台が見切れず、ストレスなく全体を見渡すことが出来る。

芝居の内容は、騎士と姫君が身分差を乗り越えて結ばれるという、よくある恋物語だったが、歌と踊り……特に群舞が素晴らしく、ミリエッタは終始感嘆の息を漏らした。

「三階のアートショップで絵姿や公演プログラムを売っているので、見に行きますか？」

芝居の感想を交換しあい、人がまばらになった頃合いを見計らってアートショップに行くと、天井まで続く棚一面に商品が並べられている。

公演プログラムの冊子が欲しくなり、つま先立ちをして手を伸ばすがもう少しのところで届かず、「んんん」と唸っていると後ろからプッと吹き出す音が聞こえた。

ミリエッタの身体を覆うように影が差し、目の端に逞しい腕が映る。

届かなかった冊子を軽々と手に取り、「これで宜しいですか？」とにこやかに差し出すその姿は、本で読んだ騎士とヒロインの出会いの場面そのもので、俯き頬を染めて頷くことしか出来なかった。

折角だからと関連する書籍や主演女優の絵姿をまとめて購入してくれ、荷物になるからと伯爵邸に別途配送してくれる。

夢心地のまま王立劇場を後にし、ジェイドが予約してくれたレストランに馬車で移動すると、事前に手配してくれていたのか、スパークリングワインがフルボトルで運ばれてきた。

「甘い口当たりで飲みやすく、度数も低めでお酒の苦手な女性にお薦めな銘柄です」

グラスに半分程注ぐと、しゅわしゅわと涼し気な音を立てて発泡する。

次第に収まって行くグラス内の気泡に見入っていると、ソムリエがもう一度ゆっくりと注ぎ足した。

目の高さにグラスを持ち上げ乾杯すると、ジェイドと視線が交差し、突然きゅっと心臓を掴まれたように胸が苦しくなる。

「こちらの銘柄で大丈夫でしたか？」

何が起きたのか分からず、手でそっと胸を押さえたミリエッタを案ずるように、すかさずジェイドが声を掛けてくれた。

「はい、とても美味しいです。普段はあまりお酒を飲まないのですが、ジェイド様と一緒だからでしょうか……なんだかとても美味しく感じます」

「えっ」

ミリエッタの言葉に驚いたのか、小さく声を上げたジェイドの耳がほんのり色付く。

何かを堪えるように唇をきゅっと噛み締め、目を瞬かせた。

「私もミリエッタ嬢と一緒にいると、とても楽しくいつもよりお酒が進んでしまいます。ご要望があれば何なりとお申し付けください」

「そんな、……もう充分過ぎる程です。これ以上ご厚意に甘える訳には参りません。むしろジェイド様のご要望を伺うべきところです」

「それでは尚更遠慮しないでください。貴女に信頼されたいし、甘えてもらいたい。これは私の願いであり、我儘でもあります」

幸せそうに微笑むと、その瞳が甘く歪む。

「……叶えてくださいますか？」

「ええッ!?　その、ぜ、善処します」

む、胸のドキドキが収まらない――!!

これ以上はもうミリエッタの心臓が限界だったため、話もそこそこに、その後は食事に集中したのだが、そのレストランもディナーもすべてがまるでミリエッタの好みを熟知しているかのように満足のいくもので、デートが終わる頃にはもはや興奮冷めやらず、昔からの友人のように打ち解けることが出来た。

「趣向が凝らされた圧巻の舞台でしたね！　それにディナーも、素晴らしかったです」

夜景の美しい場所があるのでと案内された橋の上で、灯りがともった家々を眺めながら、

「今日はとても楽しかったです。ありがとうございます」と無邪気に笑うミリエッタ。

「楽しんでいただけて、私も嬉しいです」

少々お酒が入り、ホロ酔いのジェイドが破顔した。

「ジェイド様、ずっと思っていたのですが、私には敬称も敬語も不要です。年上の方に敬語でお話しされると、何だかムズムズして落ち着かなくなります」

冗談めかして口を尖らせると、ひゅっと息を呑んだ音が聞こえた。

真剣な顔でミリエッタを見つめるジェイドの唇が、何やら少し震えている。

「ミミ、ミ、ミ」

「？」

「ミ、ミリエッタ」

「……はい、なんでしょう？」

にこりと微笑み、首を傾げた次の瞬間、ジェイドが突然ミリエッタの前で屈み込んだ。

「ミリエッタ！」

「きゃあッ」

子どもをあやすようにひょいっと持ち上げ、軽々と腕に乗せて抱き上げる。

「ミリエッタ‼　ああ、だめだ、可愛い！　かわいすぎるッ」

突然視界が高くなり、見下ろす形になったミリエッタを、頰を赤らめながら見つめジェイドは叫んだ。

「もう無理、可愛すぎて我慢出来ない！　ミリエッタ、楽しかったって本当に⁉」

見ているだけで嬉しくなるような満面の笑みでそう聞くと、ジェイドはミリエッタを抱き上げたまま、背中に手を回した。

そのままグイッと、自分のほうへ引き寄せると、お酒も入って自制が利かないのか、抱き込むようにギュッと腕の中へと閉じ込める。

「ちょッ……、ジェイド様⁉」

「ミリエッタ、たった一日だけど、名前で呼んでもいいと思えるくらいには、俺のこと好きになってくれた⁉」

「ち、ちか、……近いッ！」

同じ量のワインを飲んだはずなのだが、明らかにミリエッタより酔いが回るのが早い気がする。

行き交う人々が自分達を見て、クスクスと笑っている。

それもそうだ、見目麗しい騎士様がこんな自分を可愛いなどと、端から見れば呆れてしまうだろう。

「ああもう可愛い！　かっ、かわいぃぃぃっ‼　このまま連れて帰りたい！」

「ジェイド様、す、少し落ち着いて」

「幸せ過ぎて夢みたいだ！　あの日、ミリエッタが話し掛けてくれて、俺は泣きそうなほど嬉しかったんだ！」

「分かりました、嬉しかったのは分かりましたから‼」

良い年をして、子どものように抱き上げられるのも恥ずかしいが、日に焼けた肌に黒曜石のような瞳をキラキラと輝かせながら、ジェイドは幸せそうに叫ぶ。

鍛え上げられ均整の取れた身体は逞しく、そして美しい。

麗しい美青年とはまた違う、整った凛々しい顔立ち。

明るく爽やかで、ミリエッタが話し掛ける度嬉しそうに瞳を輝かせ、柔らかい物腰でスマートにエスコートする彼に、憧れる令嬢もきっと多いだろう。

その後はどんなに懇願しても降ろしてもらえず、歩き疲れただろうからとミリエッタを腕に抱いたまま、馬車へと戻って行った。

酒に弱いのだろうか。

もう夜も更けてきたから一人で帰れますと固辞するミリエッタに、途中で何かあったら心配だからと、ゴードン伯爵邸に送ってくれたまでは良かったが……。

馬車に乗り込んだ時の体勢のまま。

ミリエッタを膝に乗せ、太い両腕で大事そうに抱きしめたまま、ジェイドはスヤスヤと寝入ってしまった。

「え、ちょ……ジェイド様⁉」

困ったやら恥ずかしいやらで、ミリエッタはどうしたら良いか分からなくなる。

遠慮せず甘えられることが自分の願いだと言ってくれた。

連れて帰りたいとの言葉が本気なら、どんなに幸せなことだろう。

二日間に及ぶデートが思っていたよりもずっと楽しく、ジェイドが素敵で感激しきりだったのだが、でもそれが余計にミリエッタを不安にさせてしまう。

話し掛けてくれて嬉しかったと破顔する、ジェイドの言葉を嘘だと思いたくない一方で、何故こんな素敵な人が自分に良くしてくれるのか、不可解極まりないのである。

またしても最適解を導き出せない命題に頭を悩ませながら、太い腕にガッチリとホールドされ、家に着くまでの約二時間弱。

ミリエッタは恥ずかしさに両手で顔を覆い、健やかに眠るジェイドの膝の上で、背中まで汗びっしょりになりながら、馬車に揺られたのであった。

なんて楽しい二日間！

可能ならもう一日……と、言いたいところだが、折角仲良くなれたのに強引に誘い過ぎるのも良くないのではと自重し、幸せな夕食を終える。

婚約を断られても、めげずにデートに誘って良かった。

本当は全然興味が無かったけど、頑張って紅茶の勉強をして良かった。

スイーツのお店も大成功だったし、芝居も夕食も楽しんでもらえたみたいだ。

まぁ芝居については、王立劇場のボックス席……二日可能なチケットなどある訳が無いのだが、そこは二日間可能にすればいいだけの話。

無理なら新しく、席を作ってもいい。

「今日はとても楽しかったです」

その言葉だけで、睡眠時間を削って頑張った甲斐があったというもの。

さらにはホロ酔いで頬が色付くミリエッタに名前で呼ぶ許可までもらい、嬉しくて可愛くて、溢れる想いをそのままに衝動的に抱き上げると、その軽さと柔らかさに驚き、まんまるな目で見下ろす小動物のように愛らしい姿に、酒の勢いもあって自制が利かなくなってしまう。

無理だ、もう我慢ならんとギュッと抱きしめると、多幸感で脳がショートし弾けそうになる。

どんな可愛い御令嬢に触れられた時も、こんな幸せな気持ちになる事など一度も無く、煩わしいばかりだったというのに。

ああ、もう好きだ、大好きだとばかりに抱きしめて、勢いのまま連れて帰りたいと宣言すると、ミリエッタに落ち着いてと窘められてしまった。

夜会の翌日に求婚した時の、怪訝そうな――あからさまに警戒した眼差し。

ずっと君を見てきたからこそ、すぐに信じてもらえないのは仕方ないと分かっている。

自分の想いが届かないもどかしさと、どうか信じて欲しいと願う切なさで胸がいっぱいになり、馬車に乗り込んでも離す気になれず、ずっとこのままでいたいと欲望のまま抱きしめるうちに、連日の疲れが祟って眠りに落ちてしまった。

ゴードン伯爵邸に着くまでの約二時間弱。

本当は途中で目が覚めたのだが、触れる肌の温もりが愛しくて、眠ったふりをしていたのは秘密である。

――王宮内で開かれた夜会での一幕。

ミリエッタがジェイドにハンカチを手渡し、その場を後にした直後のこと。

デズモンド公爵の発案により、王宮のとある一角に四大公爵が集まり、緊急会議が開かれた。

「さて本会は、公正且つ公平にコトが為されるよう、共通理解を得るためのものであったと記憶しているが」

筆頭公爵家、バイス・デズモンドが重々しく口を開くと、座していた国の重鎮達から殺気が放たれる。

「先の夜会での、トゥーリオ公による発言の数々に、大いなる疑義を持ったのは私だけではないはずだ」

「そうだそうだ！　同会の会員に値するか、その適格性を審査すべきだ！」

「いや、審査会での決議などとは生ぬるい！　持ち得るすべての役職を免じ、国外追放にすべきではないか！」

デズモンド公爵の言葉に、次々と野次が飛ぶ。

「そもそも、ハンカチの譲渡先について助言を求められた場合、公平な条件を提示するはずではなかったか？　さすがにアレはないだろう」

声を荒らげたのは、ラーゲル公爵。

トゥーリオ公爵をして、『少し気難しいが、真面目で勤勉』と評された男の父である。

「提示された選択肢は、大いに問題がある。そもそも『気難しい』という表現自体が適切ではない！」

ラーゲル公爵家、未婚の次男イグナスは十六歳。

嫡男が既に婚約者を得ていたため、唯一の年下枠を獲得したダークホースである。

「試しに、『易きに流れず、知性溢れる勤勉な男』とでも聞いてみるがいい。絶対に我が息子を選ぶはずだ！」

鼻息荒くラーゲル公爵を手で制し、続けてオラロフ公爵が立ち上がった。

「それなら、私も同様だ！　『慎重で多少決断力に欠ける』とは、甚だ心外である！」

拳を握り締め、声高らかに異議を唱える。

「そもそも、『決断力に欠ける』とは何事だ！　そんな頼りがいのない男を選ぶ令嬢など、いるわけがないだろう。試しに、『思慮深く、思いやりに溢れ気遣いの出来る男』と、聞いてみるがいい。選ばれるのは我が息子のほうだ！」

オラロフ公爵家、期待の嫡男キールは二十三歳。

ジェイド、ミリエッタの兄アレクとは同級生にあたる。

宰相補佐の座を最後までアレクと争った、将来を嘱望される若手の一人である。

「待て待て、それならばまだ情状酌量の余地がある。我が息子の選択肢に至っては、筆舌に尽くし難い」

怒りに震え、ドン！　と机を叩き割ったのは、代々国防を担ってきた生粋の軍人、バイス・デズモンド。

「あろうことか『寡黙で面白味がない』だと⁉　年頃の娘が、だんまりで面白味のない男など、選ぶわけがないだろう。饒舌で面白過ぎるお前の次男を引き合いに出されたら、誰しもそうなるわ！」

渦中のトゥーリオ公爵を怒鳴りつける。

「さらに言うと、『王国最強の騎士』という一番のアピールポイントまで抜けている。正しくは、『頼もしく、包容力がある王国最強の騎士』ではないのか」

デズモンド公爵家、自慢の嫡男ルークは二十五歳。

最年少で騎士団長に登り詰めた、自他共に認める我が国最強の騎士。

仕事人間でなかなか身を固める気配が無く、婚約話を断り続けているのが難点だが、将来は間違いなく国防の要となるであろう人物の一人である。

鼻息荒く、異議を申し立てる三人に視線を向け、ジェイドの父であるトゥーリオ公爵は、「ふむ」と一言呟いた。

「……確かに改めて聞くと、適切でない表現もあったかもしれないな」

とぼけた様子で、のらりくらりと躱すと、「さて、どうしたものか」と思案する。

「だが今回はあくまで前哨戦に過ぎない。ミリエッタ嬢が行動を起こしてからが勝負、という話ではなかったかな？」

トゥーリオ公爵の言葉に、三人の公爵はその通りだと頷いた。

「ミリエッタ嬢の父であるゴードン伯爵との取り決めにもあった通り、十九歳の誕生日を期限とし、必ず本人の意志を尊重することが条件だ」

ミリエッタももうすぐ十九歳。

誕生日までに自分の意志で婚約者を選ばなかった場合、この取り決めは無効となる。

「各公爵家から候補者を一人ずつ選定する。該当者がいない場合は辞退も可能だ。今回前哨戦で優先権を得たからと言って、優位とは限らないぞ？」

トゥーリオ公爵の言葉に、それもそうだなと三人の公爵は各々頷く。

「それでは、予てより計画していたフェーズに移るとしよう。ミリエッタ嬢は動いた……各々明日より接触を可とする」

かくして、四大公爵家の緊急会議は終結し、無事散会となったのである。

手短に会議を終えたものの、トゥーリオ公爵が帰宅する頃には夜も更け、湯浴みは明日にするかと疲れた身体で馬車から降りる。

出迎えた執事を労うと、二階からドタドタと音を立て、トゥーリオ公爵目掛けて猛然とジェイドが駆けてきた。

「ま、待て！　どうした落ち着け！　頼むから止まれ!!」

脇目も振らず、一心不乱に猛スピードで駆け寄る巨躯に怯み、逃げの態勢に入るが、如何せん相手は肉弾戦に長けた騎士。

逃げる間もなく、ましてや逃げおおせる訳もなく、目の前に来たと思った瞬間脇に手を差し込まれ、視界が一気に高くなる。

「ちょ、待っ、う、うわあぁぁああッ!?　アガガガガガ」

百八十センチを超える巨体に、赤子のように高い高いをされ、上下にガクガク揺さぶられるトゥーリオ公爵。

標準的な身長であり、適度に筋肉も付いているため、そこそこの重さがあるはずなのだが、それを物ともせず今度は高く持ち上げたままグルグルと回り始める、公爵家次男。

騒ぎを聞きつけ、夫人と長男が呆れ顔で二人を見つめている。

「待てッ……酔う、酔う、吐くから止まってくれ‼」

堪らず叫ぶと、ようやく父の異変に気付いたのか、ジェイドはそっと、トゥーリオ公爵を床に降ろした。

ガシリと両肩を掴み、「ありがとうございます！」と、感極まったように礼を言う。

吐き気を堪えながら、「そうか、それなら良かった」と弱々しく微笑むと、勢いよく頷くジェイドの太い指が肩にめり込み、大層痛い。

「分かったから、一旦落ち着け！　折れる！　折れるから‼」

本人はさして力を入れているつもりは無いのだが、メリメリと肩に食い込む指に思わず叫ぶと、今後はぎゅむっと抱きしめられた。

「ありがとうございます‼」

「聞いた聞いた、さっきそれは聞いたから。そもそも勝機を得たのは、お前がミリエッタ嬢を助けたからだ。暑苦しいから離せ！」

騒ぐトゥーリオ公爵を肋骨が折れそうなほど強く抱きしめた後、再度礼を言い、ジェイドは自室へと帰って行った。

「嵐のような男だ……」

ドッと疲れて項垂れるトゥーリオ公爵に夫人が寄り添い、背をさすりながら優しく微笑んでくれる。

「先程、観劇のチケットを譲ってくれと無理矢……頼まれたのですが、一抹の不安が残りますね」

長男のアランが「芝居なんて観たこともないくせに」と呟き、三人は不安そうに顔を見合わせたのである。

平民同様、貴族社会の晩婚化を憂慮し、数ヶ月に一度開かれる王家主催の夜会。

王家主催と言っても厳格なものではなく、今時の若者世代に配慮したフレキシブルなもので好評を博しており、四大公爵家もこれに倣い、定期的にガーデンパーティーや夜会を催している。

問題など起ころうはずもないその夜会の後、四大公爵が集まり緊急会議を開いたとの報告があり、すわ一大事かと護衛を伴い、慌てて会議室へと向かった国王は、扉の隙間からそっと様子を窺った。

途中、デズモンド公爵が拳で机を叩き割る場面はあったものの、トゥーリオ公爵は終始穏やかで、話し合いは無事に終わり、皆笑顔で散会する。

実にくだらない議題だったが、丸く収まって本当に良かった。

国境付近でたまに他国との交戦があるものの、デズモンド公爵のおかげで大事に至ることもなく、外交についてはトゥーリオ公爵が一手に担い、同盟国とも良い関係を築けている。

資源も豊かで、領内に港を持つオラロフ公爵が、貿易により多額の収益を上げてくれるおかげで国庫は潤い、家門から学者を多数輩出しているラーゲル公爵が各領地の営農指導に尽力しているため、食糧庫は国民がお腹いっぱい、二年は食べられる程に満ちている。

我が国は本当に平和だな……。

良かった良かったと、国王は安堵の溜息を吐き、自室へと戻って行った。

4 本人はいつも蚊帳の外

ゴードン伯爵家の直系は、男女問わず、いつの時代も傑物揃いである。

土地が痩せ鉱物資源もなく、貧民街に人が溢れ、再生はもはや不可能と誰もが忌避し尻込みした、外れの領地。

それでは私がと当代のゴードン伯爵が手を挙げ、矢継ぎ早に施策を打ち、わずか五年で黒字に押し上げた。

貧しさに近隣の領地へ流出した領民も徐々に戻ってきており、昨年ついに最後の貧民街が解散し、今や国内の一大都市になりつつあると言っても過言ではない。

伯爵夫人もまた非凡で、貴族の子女が通う王立学園を令嬢ながら首席で卒業するや否や、傾きかけていた実家の財政を立て直した傑物。

その最中、当時財務長官を務めていたゴードン伯爵に出会い恋に落ち、その勢いに尻込みしていたゴードン伯爵をついには落とし、貴族には珍しく恋愛結婚をしたことは有名な話である。

それでは、嫡男のアレクはどうかというと、こちらもまた同年代の貴族達から頭一つ飛びぬけて優秀で、両親と同じく王立学園を首席で、それも異例の飛び級で卒業した四年後、二十歳の若さで宰相補佐に抜擢された。

天才と名高く次期宰相ではとも噂されるが、そこは権力への執着がなくマイペースなゴードン伯爵家。

爵位を継ぐ際は、なんの未練もなく中央政治から身を引き、のんびりと領地経営でもするのだろう。

残る注目株は長女ミリエッタ……なのだが、まったくもって表に情報が出てこない。

飛び級での卒業を祝うため、アレクのもとを訪れたトゥーリオ公爵がそれとなく探りを入れると、妹の優秀さを褒めそやした。

「私が特別な訳ではありません。妹も同様に、幼い頃から同じカリキュラムを難無くこなしています」

それではとトゥーリオ公爵がゴードン伯爵家に赴いてみれば、大層可愛らしい御令嬢が分厚い専門書を片手に数人の家庭教師を相手取り、難無く数か国語を操りながら討論をしている。

試しに王国史の隅に書かれた百年以上前の暴動について、敢えて内容を改竄して質問をしたところ、齟齬があると指摘した上、『先の大戦における諸国からの避難民受け入れに係り、法制度が充分に敷かれていない事に端を発する』と所見まで添えてくれた。

「ええと、前提が曖昧ですと、導かれる結論に価値はありませんので……」

申し訳なさそうにおずおずと指摘し、何故か少し自信なげに目が泳ぐのはご愛敬か。

では自分であればどのような形で政策を進めるか、思いつくまま述べていく若干十一歳の伯爵令嬢。

「もう少し年齢が上であれば、間違いなく王太子の婚約者に選ばれたであろうが……これは迂闊な貴族に、ましてや国外に縁付かせる訳にはいかない」

泡を食って四大公爵会議で議題に上げると、「一度会ってみたい」と皆が希望しゴードン伯爵邸へと揃って赴くや否や、王国法をすべてそらんじ、年に似合わぬ見識の広さ、卓越した政治感覚に驚き、あっという間に虜になってしまう。

人材が枯渇気味の昨今、優れた人材は有用である。

来年は中等部に入学する年齢か……と頭を悩ませる四公達。

王立学園は優秀な者に等しく教育の機会を提供するため、身分による学園内での優劣は校則で禁止されている。

平民と貴族、玉石混淆の生徒が存在するところに、この美貌……いらぬ騒動を引き起こしかねない上、力ずくで手に入れようとする者も出て来るだろう。

カリキュラムの構成上、常に護衛を付けるわけにもいかないし、と頭を抱える。

幸い本人が、進学はせず領地内でより高度な勉強を続けたいと希望したようなので、それではと各公爵家から優秀な家庭教師を派遣する。

「同年代の御令嬢達と話が合わず、なかなか友人が出来ないと聞いているが、我らの娘や傍系の令嬢で際立って優秀な者であれば、もしかしたら話が合うかもしれない。進学しないにしても友人はいたほうが良いだろうから、差し支えなければ交流を持たせよう」

　思いもよらぬ配慮に、「お気遣い感謝致します」と頭を下げるゴードン伯爵。

「また重ねて申し訳ないのだが、この子の婚約についてはどうするつもりだ？」

「まだ、何も。王立学園に通い、これはという本人の希望があれば、貴賤なく受け入れるつもりでいました」

　家同士の政略結婚も少なくない中、これだけハッキリと明言する当主はそういない。

　デズモンド公爵は同じ娘を持つ身として、感嘆の息を吐いた。

「これほどの御息女であれば四大公爵家のいずれかと縁付かせたいが、どうだろうか」

「大変光栄なお話をありがとうございます。ミリエッタは穏やかで優しい気質なのは良いのですが、如何せん気が弱く、強引な手法を取られると恐らく性格上断れません。私が願うのは娘が幸せであること、この一点のみです。相性もあるため、本人が婚約に前向きになり、自ら行動を起こすまでは見守ってあげて欲しいのですが可能でしょうか」

　その言葉に四公は、各々頷き視線を交わす。

「承知した。我らの息子を各々一人ずつ候補として選出し、そこから選んでもらうとしよう。また、ミリエッタ嬢が自ら声を掛けるまでは直接の接触を禁じ、見守るに留めると約束する」

　ゴードン伯爵が頷き、ひとまず同意が得られた事にトゥーリオ公爵がほっと胸を撫で下ろすと、今度はオラロフ公爵が口を開いた。

「出来れば、選出した候補を平等に見てもらいたいのだが……例えば、デビュタント後に我らが主催する夜会に出席してもらい、機会を得るのはどうだろう」

「それは名案だ。候補が絞られている以上、接点を持たせるのは難しくない。ミリエッタ嬢が動いた時を起点とし条件を解除の上、各々接触を可とするという流れで宜しいかな？」

　オラロフ公爵の言葉を受け、トゥーリオ公爵がそう提案すると、ゴードン伯爵は少しの間考え込むように目を瞑り、そしてゆっくりと口を開いた。

「……では、期限を決めても宜しいですか？　十九歳の誕生日までは、その条件で本人に選ばせましょう。ですがそれまでに話が纏まらなかった場合は、父である私が認めた者と婚約をさせたいのですが、如何でしょうか」

　期限を切らねば、なし崩しに話を進められかねない。

　ゴードン伯爵が父として決めると明言すれば、後は如何様にでも本人の希望に添った令息と添わせることが出来る。

四公を相手取り、最後の一線は決して退かないゴードン伯爵に苦笑いが漏れるが、これだけ譲歩してくれたのだから、さらに求めるのは酷というもの。

「よし、では決まりだ。期限はミリエッタ嬢が十九歳の誕生日を迎える日まで。そして必ず本人の意志を尊重しよう」

そうしてミリエッタは王立学園には入学せず、四公自ら選んだ家庭教師に学びを得た。社交の場にも一切姿を現さず、限られた友人と交流する以外は領内に籠もり、デビュタントを迎えたのである。

ついに表舞台に姿を現すのかと、その登場を楽しみに待ち望む人々。

四公の令息達も同様で、興味津々なオラロフ公爵家の嫡男キールを筆頭に、「どうせ優秀さをひけらかし、傲慢で鼻持ちならない御令嬢に違いない」と言いつつ、どこか落ち着かない様子の最年少、ラーゲル公爵家次男のイグナス。

そんな二人を目の端に留めながら、「まぁよくある話だな」と達観するデズモンド公爵家の嫡男ルーク。

お前はどう思う？　と視線で問われるが、幼い頃から交流のある三公の令息達とは異なり、ジェイドには未婚の兄がいる。

トゥーリオ公爵家からは兄が候補として選出される予定のため、自分には関わりの無い話として聞いていた。

そもそも四公が絶賛するような優れた御令嬢……しかも、あのゴードン伯爵家の御令嬢が、公爵家に生まれただけの平凡な自分に興味など持つはずもない。

王立学園に通う必要すらない才媛であれば、ジェイドのように他人に劣等感を抱いたり、自分が嫌になったりなどする訳もなく、自信に満ち溢れているのだろうと見る前から胸焼けがしそうである。

各自バラバラになると目の色を変えた令嬢達に囲まれるため、壁際に四人で固まり雑談に興じていると、兄アレクのエスコートでミリエッタが現れた。

すべてが謎に包まれたゴードン伯爵家、掌中の珠。

雛菊のように可憐な姿とその立ち振る舞いの素晴らしさに、並み居る貴族令息達は何とかして接点を持ちたいと願うが、『原則、接触不可。且つ婚約者候補は四大公爵家、縁の者に限る』と、公爵達が権力をチラつかせながら揃って条件を出すものだから、ヤキモキして見つめる事しか出来ない。

その美しさに会場中が釘付けになる中、高らかにファンファーレが鳴り響き、国王一家が入場した。

開会の挨拶が終わり、国王陛下と王妃陛下、そして王太子が座すると、本日の主役である令嬢達が順に挨拶を行う。

ミリエッタも同様に挨拶を終え、安心したように口元を綻ばせると、春の日差しのような柔らかい微笑みに、会場のあちこちから溜息が漏れた。

演奏が始まりアレクとファーストダンスを踊っていたが、緊張のあまりステップを間違え足を踏み付けてしまったらしく、遠目にもしゅんとしている様子が見て取れる。

途端に顔が赤く染まり、泣きそうに眉を下げながら恥ずかしそうに俯く様子に、彼女ほど優れた子でも緊張で間違えることがあるのかと、ジェイド達は興味をそそられる。

婚約の話もあるので、そのまま四公の令息達のもとへ挨拶に来るのかと思いきや、ミリエッタは何故かアレクに連れられ、会場の隅に移動してしまった。

ジェイドとキール、イグナスの三人は面白そうに視線を交差させ、壁に凭れていたルークを引っ張りサササと近付くと、こっそり耳を欹てる。

兄のアレクに「辛いならもう帰るか？」と聞かれ逡巡するものの、「間違えて恥ずかしいし緊張で手足が震えますが、でも最後まで頑張ります」と、少しベソをかきながら告げる姿がなんともいじらしい。

思っていたのとちょっと違うぞ、と皆一様に感じたらしく、俄然興味が湧いたのか前のめりで見つめる四公の令息達。

「壁の花になると可哀想だから、ダンスに誘うのは許可されているんだっけ？」

決意を新たにしたものの、不安気に瞳を揺らすミリエッタをじっと食い入るように見つめていたジェイドが、不意にポツリと呟いた。

つい先程まで、どうせ兄が婚約者候補だからと他人事のような顔をしていたのに、急に興味を示し始めた友人に驚く三人の令息達。

次の演奏が始まるや否や真っ先にミリエッタのもとへと歩み寄り、ダンスの申し込みをするその姿に、キールが思わず吹き出した。

二人で踊り始めたまでは良かったが、間違えないよう緊張しているのか足元ばかりを見つめ、ジェイドが話し掛けても気もそぞろ、といった様子なのが見て取れる。

演奏終了後、ぎこちない微笑みを浮かべながら、たどたどしく礼を述べるミリエッタの姿が何やら琴線に触れ、それでは自分達もと続けて三人の令息達もダンスを申し込んだ。

ジェイドの時と同様に、踊っている最中は全く目が合わず、相槌も心ここにあらずといった様子なのだが、やはり演奏が終わると緊張に潤む瞳を伏せがちに向け、ぎこちなく微笑みながら感謝の言葉を贈られる。

令嬢達に言い寄られるのは慣れているはずなのに、先程ベソをかく姿を見てしまったからか、あまりに健気な様子に心を揺さぶられ、胸が高鳴った。

公爵家の四令息と踊り終える頃には緊張が限界に達したのか、半ばパニック状態で兄に連れられ会場を後にするミリエッタ。

前情報とのギャップに驚き、その姿がまた可愛くて、四人は思いの外楽しい時間を過ごしたのである。

これまで、必要最小限の事だけをこなし怠惰な日々を過ごしてきたジェイド。気難しく滅多に人を褒めない父が手放しで褒めるにも拘わらず、終始自信無げに瞳を揺らしていたその理由が知りたくて、デビュタントでベソをかきながらも踊り切った健気な姿が忘れられなくて、何とか彼女に近付く方法はないかと策を巡らせる。

毎週同じ曜日、同じ時間に王立図書館へ足を運ぶと耳にしたが、危機感が足りないのか護衛が手薄であるらしい。

これは、あまりに不用心なのではないか？

何かあってからでは遅いと黒い外套に身を包み、フードを目深に被って顔を隠し、直接の接触を避けながら王立図書館に足繁く通い、人知れずミリエッタを護衛し続ける。

案の定、力ずくでモノにしようとする不埒な輩もおり、道中の護衛を手厚くするようゴードン伯爵に手紙を送りつつ、任務で外せない時は私費で雇った護衛をつけ、何とか事なきを得ていた。

そうこうするうち、ミリエッタがデビュタント後初めて夜会に出席すると耳にし、もしかしたら話をする機会があるかもしれないと喜び勇んで参加したのだが。

四公による行動制限がかかっているため迂闊なことも出来ず、貴族令息達はチラチラと盗み見る事しか出来ない。

　理由も分からず露骨に避けられ、不安気に俯くミリエッタ。どうか声を掛けて欲しいと訴えるように強い目線を送っても、ビクッと怯えたように身体を震わせ、目を逸らされてしまうばかりである。また逸らされてしまったと他の三人に小声で伝えると、それを遠目で見たミリエッタが傷付いたような顔をするので、もうどうしたら良いか分からない。

　結局その日はずっとアレクと共に過ごしていたのだが、それ以来一度も夜会で見掛けることはなかった。

　何か病気にでもなったのではと心配になり、だが王立図書館へは相変わらず通っているため、理由が分からずジェイドの不安に拍車をかける。

　伝手を頼り、ゴードン伯爵家で働く侍女に渡りをつけ内情を窺うと、ハンナという古参の侍女がミリエッタの信頼を得ており、事情を知っているかもしれないとのことだった。

　もしミリエッタが心配な状態なのであれば、異なる立場で出来る事があるのではないかと協力を申し出ると、ハンナも同様にミリエッタを心配していたらしく、すぐに協力態勢を取ることが出来た。

　何故それほど自信が無いのか。

　四公を唸らせる程に優れた才覚があり、会場の目を釘付けにする程の美貌を持ちながら、何故自分を平凡だと思っているのか。

領地に籠もって過ごした幼少期と、人付き合いが上手くいかなかった経験に加え、彼女を取り巻く環境要因の特殊さが窺える。

定期連絡でお互いの情報をすり合わせ、ハンナに内情を聞けば聞くほど、進学の件と婚約に係る取り決めは悪手だったのではないかと思え、彼女の才能に目がくらんだ周囲の大人達にも腹が立つ。

天才とも名高い兄に勉強を教わり、比較して落ち込む事もあるが、それでも毎週図書館に通い「何か自分にも役に立てる事があるかもしれない」と、希望を捨てずに頑張る彼女の一生懸命さに尊敬の念を抱き、そのひたむきさに益々心惹かれていく。

優秀な兄と比べられ、重圧に負けて努力を放棄したジェイドとは大違いである。

恵まれた環境で好きな事をするのが許されているにも拘わらず、努力もしないまま諦め、兄に劣等感を抱いていた自分が恥ずかしく、情けなくなってくる。

初めは唯の興味本位だったはずが、気付いた頃にはすっかり心を奪われ、気が付けば彼女の事を考える日々。

女性を本気で好きになるなんて、自分には訪れない夢物語だと思っていたのに。

そして『騎士が相手の恋物語に憧れている』という話を耳にしたジェイドは、それならば騎士になって彼女の眼に映り、傍らに立てる男になりたいと、騎士になる決意をする。

まずは、これまで通り父の仕事を手伝う傍ら、騎士を目指したいと家族に宣言をし、自分にとっては難関だが、騎士試験に合格したら兄の代わりにミリエッタの婚約者候補にして欲しいと父に直談判をした。

いつも無気力なジェイドが必死に説得する姿に心を動かされたのか、何とか許可を得て、猛特訓の日々が始まる。

軍事の要、デズモンド公爵家に押し掛けて半ば無理矢理弟子入りし、猛然と身体を鍛え始めすぐにその才能を開花させると、わずか一年半で叙任され、騎士団へと入団する事が出来た。

特別な才能があるわけではない、遅咲きの騎士だと重々自覚している。

だが同様の想いを抱きながらも頑張ることを止めず、学び続けるミリエッタを図書館で目にする度に励まされ、それに支えられるように、ジェイドもまた努力を重ねた。

絶え間ない鍛錬に後押しされるように騎士団内でメキメキと頭角を現し、ついには王太子の近衛騎士に抜擢されたのである。

そんな時ハンナからの定期連絡で、「もう誰でもいい」とミリエッタが嘆いていると知り、父の執務室を訪れ、もっと別のやり方に変更して欲しいと猛然と抗議するが、もう決まった事だからと全く聞き入れてもらえない。

声を掛ける令息がいないのは、ミリエッタのせいじゃないのに。

今すぐにでも妻に娶りたい男はここにいるのにと、儘ならない現状に歯噛みしながら、考えること数週間。

タイミング良く騎士団の公開演習で御令嬢からハンカチを渡されそうになり、上手に話し掛けられないならこの方法が使えるのでは、と閃いたジェイド。

そういえばゴードン伯爵夫妻への接触は禁止されていなかったと思い至り、ミリエッタが図書館通いで不在のタイミングを狙い、勢いのまま伯爵邸を訪れる。

こうして『出会いのハンカチ』を伯爵夫人に提案したのが件の夜会の十日前。

彼女の横に立ち、幸せにするのは自分であって欲しいと願わずにはいられない。

いつか感謝と共に伝えたいのだ。

君のおかげで、自分は変われたのだと。

5 婚約者候補の四令息

社交界に彗星の如くミリエッタが姿を現してからというもの、あのゴードン伯爵家の長女が誰を選ぶかは、常に社交界の注目の的であり、口の端に上らない日はなかった。

そして今日、オラロフ公爵家で開かれたお茶会でも、令嬢達の最大の関心事はやはり先日の夜会でのこと。

開始早々、ミリエッタは質問攻めにされ、どうしたものかと困り果てていた。

「ミリエッタ様、先日街でお二人をお見掛けしたのですが、もしかしてもう婚約を？」

オラロフ公爵家の長女ステラが、目を輝かせてミリエッタに問いかける。

「いえいえ、そんな婚約など、とんでもございません。私には勿体ないくらいの良いお話。今はまだ自分の事を知ってくれれば良いと先方も仰っているので、もう少しだけお時間をいただくつもりです」

「焦って答えを出しても、良い事はありませんものね！」

ミリエッタの答えに、そうだそうだと親友達が何故か力強く同意する。

「そういえば、トゥーリオ公爵家が出資されている王立劇場最寄りのスイーツ店がとても美味しいスイーツ店情報に、オラロフ公爵家の傍系スカーレット・エラリアが、興味津々で話し掛けてきた。

「何が美味しいのですか？　是非行ってみたいです！」

「一番美味しかったのは『クレープ・シュゼット』です。ジェイド様は紅茶に詳しいだけでなく、驚くほど優雅に召し上がるので驚いてしまいました。エスコートもお上手で物腰も柔らかく、とても楽しい一日でした」

ミリエッタの言葉に令嬢達が一瞬口をつぐみ、顔を見合わせる。

「そういえば、王立劇場へは足を運ばれたのですか？」

「はい、実はご紹介いただいたお店で話に花を咲かせているうちに、開演のお時間を過ぎてしまって……偶々お持ちのチケットが二日使用可能だったようで、次の日に改めて観に行ったのです。騎士と姫君の恋物語で、とても素敵でした。あんな恋が出来たら素敵ですね」

頬を上気させ、ふわりと微笑むと、その場にいた令嬢達が見惚れて溜息を漏らした。

「もう可愛い！　ミリエッタ様可愛い‼　大丈夫でした？　トゥーリオ卿におかしなことはされませんでしたか⁉」

ステラがミリエッタに抱き着き問い質すと、取り囲む令嬢達もゴクリと息を呑む。

同性の我々ですら彼女が悩ましい吐息を漏らす度、何やら色めいた気持ちになるのだ。ましてや血気盛んな男盛りの青年であれば……聞きたいけれど聞きたくない。

「なにかこう、無理強いされたりはしませんでしたか？　そその、く、口付けとか」

「……え？」

そういえば、帰りの馬車でずっと抱きしめられた。

包み込むように回された太い腕と、仄かに香るムスクの香りを思い出し、ミリエッタは両手で頬を包み赤面する。

固唾を呑んで見守っていた令嬢達はその様子に、ガタガタと椅子から立ち上がり、至近距離でミリエッタを取り囲んだ。

「なにを、何をされたのですかッ」

「まさか無体な事を!?」

あ、まずい。このままではジェイド様にあらぬ疑いがかかってしまうと、ミリエッタは大慌てで否定する。

「ちがっ、違います！　お酒も入った上、業務の合間を縫って連日でのお出掛け。相当お疲れだったのでしょう。帰りの馬車で、私を枕代わりに寝入ってしまわれただけです。無理をさせてしまい、むしろ謝るのは私のほうです」

恥ずかしそうに微笑むミリエッタに、「本当にそれだけかなぁ」と疑いの眼差しを向ける令嬢達。

「それで実はご相談なのですが、御礼をしたく色々探してはいるのですが良い物が見つからなくて……何かお薦めはありますか？」

ミリエッタの質問に、令嬢達が頭を悩ませながら思い思いに案を出していると、お茶会の席にオラロフ公爵家の嫡男キールがやって来た。

「はじめまして。ステラの兄、キール・オラロフです。ミリエッタ嬢と直接話をするのは初めてだね」

夜会で目が合う四人組の一人、その中でも一番洗練され貴公子然とした雰囲気を持つキールが微笑むと、出席していた令嬢達が頬を赤らめる。

「は、はじめまして。ミリエッタ・ゴードンと申します」

「楽しそうに、何の相談かな？」

思わず毒気を抜かれてしまいそうな人好きのする優しい顔立ち。

見惚れる令嬢達に少し呆れ顔の妹ステラが、口を開いた。

「お兄様、淑女の集いに割込むなんて、無粋ですよ？　ミリエッタ様がデートのお礼にジェイド様へ贈り物がしたいと仰ったので、皆で案を出していたところです」

「それなら手袋はどうだろう。丁度うちの商会で仕入れた牛革の質がとても良く、何に使おうか迷っていたところだ。騎士団の手袋も卸しているからジェイドのサイズも分かる」

「それは素敵ですね！　それではオラロフ卿、あの、お言葉に甘えても宜しいですか？」

おずおずと遠慮がちにお願いするミリエッタへ、爽やかに微笑むキール……この微笑みに心を奪われ、眠れぬ夜を過ごす令嬢が一体どれ程いることかとステラは溜息を吐く。

「勿論、喜んで。それからオラロフ卿ではなく名前で呼んでくれて構わない。刺繍の見本が沢山あるから、ステラと一緒に王都にある商会の直営店へ足を運ぶといい。分からない事があれば何でも聞いてくれ」

にこやかに話す、その柔らかい雰囲気につられてミリエッタも笑みが零れる。

「ああ、そういえば父から君へ伝言だ。別館で交易ルートに係る『航路検討会』をするから、後学のためにも参加してみないか、とのことだ」

海洋に詳しいラーゲル公爵家のイグナスも来ているから、話のついでに紹介しようと言われ、ミリエッタは少し迷った後に一礼をして席を立った。

後に残され、暫くの間沈黙していた令嬢達はミリエッタが去ったのを確認し、思い思いに視線を交わす。

「……皆さま、どう思われますか？」

ステラが口火を切ると、皆一斉に捲し立てるように訴え始める。

「ありえません！　あのトゥーリオ卿ですよ⁉　そもそも紅茶に詳しい訳もないし、優雅にスイーツを食べるなんて絶対にありえません！」

スカートを握り締め、スカーレットが熱く語る。

実は以前、どうしてもと親が頼み込み、ジェイドとお見合いの席を設けたことがある。

男らしい立ち姿にときめき、この人ならばと一生懸命話し掛けてはみたものの、不愛想に返事をするだけで全然会話が弾まない。

スカーレットの実家、エラリア伯爵家ご自慢の紅茶を出した際など、『飲めれば味は関係ない』とガブ飲みし、一刻も早く見合いの席を終えようと、一口でケーキを頬張るような男である。

「しかも『騎士と姫君の恋物語』だなんて！　欲望丸出し……少しは自重すべきでは？」

子爵令嬢、アンナ・ノラーレフが苛立ったように口にする。

騎士の叙任式でその凛々しい立ち姿に一目惚れをした黒歴史を持つ、ラーゲル公爵家傍系の御令嬢。

エスコートが上手で物腰が柔らかいなどと、片腹痛い。

叙任式のパーティーで勇気を出して話し掛けたのに、『忙しいから他を当たってくれ』とすげなく断られた挙げ句、忙しい理由がミリエッタの出待ちという衝撃の事実に膝から崩れ落ち、以降ジェイドを目の敵にしているという大変残念な経歴の持ち主である。

「実は、私の兄が騎士団長を務めているのですが」

徐に口を開いたのは、飛び入り参加のティナ・デズモンド。

王国最強の騎士団長ルークを兄に持つデズモンド公爵家の長女であり、ジェイドの幼馴染でもある。

「お二人が王都を散策した日の直前、五日連続で有給休暇を取得し『この忙しい時期にあいつめ！』と兄が憤慨しておりました。業務の合間を縫うどころか、ミリエッタ様の合間を縫って仕事をしている唐変木。眠ったふりをして無体を働いたに違いありませんっ！」

ここに集う令嬢達は皆、四大公爵家の息女または傍系の令嬢である。

学校に通わないミリエッタのため、各々の父に言い含められゴードン伯爵家に赴いたものの、家格が下の相手に何故？　と初めは皆気乗りせず渋々であった。

ところが話してみると、とても純粋で可愛らしい御令嬢。

これだけ四大公爵に優遇されているにも拘わらず、自分の知識をひけらかす事も無く、貴族令嬢にありがちな高慢さも無ければ、相手を貶めたりする事も無い。

少し世間知らずな所はあるが、共に泣き共に笑い、いつも自分の事のように悩み、考えてくれる。

私利私欲に塗れた貴族社会に幼い頃から浸かり、疲れ果てていた彼女らは、その優しさに救われいつだって癒やされてきた。

オラロフ公爵家のお茶会とは仮の名。

当の本人はあずかり知らぬところだが、この会はその実、『ミリエッタを愛でる会』として活動している。

「そもそも王立劇場の近くに、トゥーリオ公爵家出資のお店なんて無かったような……」

情報通のステラが呟くと、確かにと令嬢達は思案した。

「それもそうですが、二日連続で使用出来るチケットなど、聞いた事がありません」

何かしらの力を使ったに違いありませんと、アンナがきっぱりと断言する。

「話に夢中になり時間を忘れるなど、そのような基本的なミスを犯すはずがありません。二日にわたり会いたいがため、敢えて気付かぬふりを……帰りの馬車にしても然り。あやつは野放しにすると危険です」

幼い頃からジェイドを良く知るティナも強い口調で続けた。

ミリエッタのために騎士になりたいから稽古をつけてくれと、ある日突然ティナの実家であるデズモンド公爵家に押し掛けて、わずか一年半で叙任された幼馴染。

あの手のタイプが本気になると、何をしでかすか分からない。

余暇の大半をミリエッタ情報の収集に消費するあの男が、可愛く寝入るだけで終わるわけがないのだ。

何なら紅茶も飲まないし、スイーツも滅多に食べず、観劇した日には即落ちで居眠りするタイプである。

仲良くなれば人懐こく、それなりに大事にしてくれるため、付き合いの長いティナもまた仄かに恋心を抱いた事があった。

だが想いを告げた途端、「異性として？　それはないな」とすげなく断られ、その後まったく気にする様子もなく話し掛けてくる無神経ぶりに呆れ、今や塩対応に徹している。

悪い人間ではないが、思い込むと突っ走るきらいがある。

「ですが、どなたかを選んでいただかないと、我々にお鉢が回ってこないですね……」

思い詰めたように口を開くアンナを筆頭に、この場に集まっているのは皆、十六歳の成人をとうに過ぎた未婚の令嬢達。

ミリエッタが誰を選ぶかは妙齢の令嬢達にとって死活問題であり、故に最大の関心事でもあるのだ。

「是非素敵な男性を選んでくださると嬉しいのですが……ミリエッタ様が他の方を選んだ場合、大人しく引き下がるとは思えません――そう、あやつは危険です」

ティナの言葉を受け、「た、たしかに注意が必要ですね」と再び沈黙が場を支配する。

我が身を優先するならば、大人しくあの狂犬を引き取ってもらうのが得策か？

ミリエッタ以外に飼いならせる令嬢がいるとは思えず、オラロフ公爵家のお茶会改め『ミリエッタを愛でる会』は結論が出ず、混沌を極めたのであった。

そろそろ御礼の手紙が届く頃かしら？

贈り物の手袋は、後日ステラと選びに行く予定のため、追って渡せばいいだろう。

そんな事を考えながら、ミリエッタが私室でのんびり読書をしていると、夫人が慌てて部屋へと駆け込んだ。

「ミリエッタ！　先程連絡が来て、今日は仕事が早く終わるからと、トゥーリオ卿がお手紙の御礼にいらっしゃるそうよ」

昨夜御礼の手紙を受け取り、ミリエッタに会いたくなって居ても立ってもいられず実は早退しただけなのだが、そんな事は知る由もない。

「しかも一時間後ですって！」

「ええええ!?」

急な知らせに慌てて支度をしているうち、あっという間に到着時刻を迎え、軽やかに呼び鈴が鳴った。

何とか支度を終えジェイドを出迎えると、勤務後に騎馬で駆けてきたのか少し肌寒い陽気にも拘わらず、ほんのりと汗が光っている。

しかも帯剣し、近衛の騎士服を腕まくりする姿が凛々しく、ミリエッタはふらりとよろめいた。

……無理！　こんなに素敵な人と婚約とか、やっぱり無理！

何故自分なんぞに婚約を申し込んだのか……いよいよ以て理解に苦しみ、心なしか目が霞む。

「急ぎ向かいましたので、騎士服のままで申し訳ありません！」

早退した上、騎馬なので割と時間に余裕はあったのだが、騎士が好きなのを狙って「もう一押し！」と敢えて騎馬と騎士服を前面に押し出しながら登場したジェイド。

よろめきながらもチラチラと視線を向けてくるミリエッタに、よしよし狙い通りと満足気に微笑んだ。

「お返事を書こうか迷ったのですが、直接御礼が言いたくて来てしまいました」

「いえ、こちらこそ先日はありがとうございました。また後日改めて御礼をと思い、まずはお手紙のみで申し訳ございません」

「改めてのお礼など不要です！　このお手紙だけでも充分過ぎる程。しかもこの美しい文字。見ているだけで幸せな気持ちになります。凄く好きです！」

会えた嬉しさが爆発したのか、身を乗り出し「とても、好きです！」と重ねて告げる。

えっ、好きって何が⁉　も、文字が⁉

思わず赤くなるミリエッタと、幸せそうにその姿を見つめるジェイド。

どさくさに紛れて告白するこの男は、勿論確信犯――、ジェイドの言葉に頬を染めるミリエッタが可愛くて、嬉しくて堪らないといった様子で終始口元を綻ばせている。

「そういえば随分と街が賑やかでしたが、今日は何かあるのですか？」

「はい、確か年に一度の『収穫祭』が催されているはずです」

街おこしも兼ねて三年前から始まったこのお祭り。

けれど人混みが苦手なミリエッタは普段街へ出ることもほとんど無く、『収穫祭』に至っては実は一度も行ったことがなかった。

「なるほど、それは楽しそうです！　急なお話で恐縮ですが、この後もしお時間があれば、一緒に街へ行きませんか？」

「こっ、この後ですか!?」

ミリエッタはともかく、目に眩しい騎士服で街を闊歩した日には大変なことになるのではと懸念するが、ワクワクと目を輝かせる姿に嫌とは言えなくなってしまう。

「ご案内出来るほど詳しくないのですが、それでも宜しければ」

異存など、あろうはずもない。

嬉しそうに微笑み、ジェイドは勢いよく頷いたのである――。

メイン通りには屋台が立ち並び、食欲を誘う香りと共に多くの人だかりが出来ている。

つば広の帽子を深めに被ったミリエッタは、こっそりとジェイドへ視線を送った。

すれ違う若い女性達が皆振り返り、ジェイドの事を見ている気がする。

一目見て貴族と分かるため、さすがに気軽に声を掛ける者はいないようだが、自分なんかが隣を歩くのはやはり不相応な気がして、少し距離を空けようかと歩調を緩めた。

「少し、歩くのが速かったですか？」

すぐに気付き、ジェイドは心配そうに覗き込む。

先程からミリエッタに歩調を合わせ、ゆっくりと歩いてくれていたのだが、やはりバレてしまったかと内心苦笑した。

「いいえ、そういう訳では……屋台に気を取られ、歩くのが遅くなり申し訳ありません」

「何か、気になるお店はありますか？」

「ええと、その、実はお祭りに行くのは初めてで、ついあちこち目が向いてしまい……あのジェイド様、先日お伝えした通り私に敬語は不要です」

「ん？　ああ、そういえばそうだった！」

もごもごと言い訳をするうち敬語に気付き、そっと訂正すると、ジェイドはうっかりしていたと目を丸くする。

「お祭りが初めてなら、尚更楽しまなくては!!　どれも美味しそうだから、端から全部食べて行こう！」

「ふふふ、またそんな無茶を。自領のお祭りなのに、満足にご案内出来ず申し訳ございません」

「謝る必要など何もない。君と一緒に過ごせるだけで俺には充分すぎる程に価値がある。……人が多いので、もし良かったら」

柔らかな眼差しで微笑み、ジェイドは大きな手を差し出した。

驚き、どうしようかと一瞬躊躇った後、頬を赤らめながらそっと手を乗せると、嬉しそうに破顔する。

それでは端から順に覗いてみようと提案され、ミリエッタは少食っぽいからと、一つのものを分け合うようにして一緒に食べるのがまた楽しくて、時間が経つのも忘れ収穫祭を満喫していると、ジェイドはふと装飾品の並ぶ露店の前で立ち止まった。

「わぁ、可愛いですね！」

ミリエッタの声につられて足を止め、その視線を辿り少し考えた後、ジェイドは雫型のオニキスがついたペンダントを手に取った。

「これ、ミリエッタに似合いそうだから、収穫祭の記念にプレゼントしてもいい？」

返事を待たず買おうとするが、先日のデートからずっと貰うばかりでまだ何も返せていない。

かといって、公爵令息を相手に自分が払うと主張するのも失礼にあたるし……と考えていると、端の方にマントの留め具……タッセルが置かれているのが目に入った。

「ジェイド様、もし宜しければ私からもプレゼントをしても宜しいですか？」

「ああ、それならお互いに交換をしようか」

ミリエッタの意図に気付いたのか、ジェイドが口元を綻ばせ、小さなローズクオーツがあしらわれたタッセルを手に取り、ミリエッタへと手渡した。

「お兄さんも色男だけど、こちらも随分と可愛らしいお嬢さんだねぇ。恋人かい？」

「ええっ⁉　そんなまさか、とんでもないです」

商品を購入した二人に、お釣りを渡しながら店主が話し掛ける。

一瞬肯定しようと身を乗り出したジェイドを遮るように、ミリエッタは大慌てで否定した。

「ジェイド様、申し訳ありません。私なんかが恋人だなんて」

「いや、むしろ光栄だけど……ミリエッタ、少し座ろうか」

申し訳なさそうに謝るミリエッタの手を引き、二人はベンチに並んで腰をかける。

「以前から不思議だったけど、ミリエッタはどうしてそんなに自信がないんだ？」

優しく問いかけられ、なんと答えたものか迷い、ミリエッタは目を伏せた。

「……勉強くらいしか、出来ないから」

「勉強しか出来ないとは思わないけど、でも仮にそうであっても充分凄いじゃないか」

「勉強などいくら出来たところで、貴族令嬢は『淑女らしさ』が大前提。それに加え最も必要とされるのは『社交性』です。私には一番大事なその『社交性』が欠けているのです。今だって、折角のお祭りに水を差してしまいました」

「そんな理由だったのか……でも俺は、君が『社交性』に欠けているとは思わない」

「いいえ、そんな事を仰ってくださるのはジェイド様だけです」

「そんなことはない。君自身が自分の可能性を狭めてしまっていることを、俺はいつも勿体ないと思っている」

ジェイドはしょんぼりと俯くミリエッタを心配そうに見つめベンチから立ち上がると、座するミリエッタの正面に移動して片膝を突き、膝に置かれたその両手を、掬い上げるように大きな手で包み込んだ。

何故だか氷のように冷たくなったミリエッタの指先に伝わる、仄かな温もり。

情けなさと申し訳なさで、じわりと涙が滲む。

「何を話せばいいかな……デビュタントで俺と初めて会った時のこと、覚えてる？」

問いかけに、沈黙で答えるミリエッタ。

「誰と踊ったかも覚えていない？」

またしても無言のまま、小さく頷く。

ジェイドは、「ああ、やっぱり覚えてないか」と、自嘲気味に微笑んだ。

「……俺と、踊ったんだ」

思い出すように呟き、ジェイドはぎこちなく微笑む。

「ベソをかきながら、でも最後までやり遂げようと決意する君が眩しくて、俺の誘いを受けてくれるかと緊張に震える手で君にダンスを申し込んだんだ」

「ご、ごめんなさい、全然覚えてなくて……」

「ああ、うん」

申し訳なさそうに謝るミリエッタの、微かに揺れる瞳を見つめ再度ジェイドは呟いた。

「知ってる」

ミリエッタの目が驚きに見開かれる。

「だってダンスの途中、一度も目が合わなかった」

「あの時は、間違えないよう足元を見るのに精一杯で」

「どんなに話し掛けてもうわの空で――でも曲が終わった後、最後に一度だけ花開くように微笑み、掻き消えそうな小さい声でお礼を述べた君の姿がどうしても忘れられなかったんだ」

「踊った方のことは、何も覚えていなくて」

「……知ってるよ」

消え入りそうな声でそう呟くと、ジェイドはそのまま目を伏せる。

「俺は学生時代から優秀な方では無かったし、見合った努力もしてこなかった。特にやりたい事も無いし、仕事も結婚も、流されるままでいいと思っていた」

自分で言ってて情けないな、と苦笑する。

「……実は騎士を目指したのはミリエッタに会ってからなんだ。頑張る君を見ていたら、怠惰に過ごしていた自分が恥ずかしくなって、少しでもその目に映りたいと……生まれて初めて努力をした。必死で、騎士を目指したんだ」

そんな理由だったとはつゆ知らず、ミリエッタは驚きジェイドに目を向ける。

「不出来でも四大公爵家の次男だから、大抵のものは黙っていても手に入ったけど、死ぬほど努力して自分の力で摑んだのはコレだけだ。俺は君のおかげで騎士になれた。やっと、誇れるものが出来た気がするんだ」

そこまで言ってジェイドはゆっくりと視線を上げ、ミリエッタを見つめた。

「君の、おかげだ」

予想だにしない内容にミリエッタはどうしたら良いか分からず、握られた手を思わず引き抜こうとするが、逃がさないとばかりにギュッと握り直される。

「でも、そんな……私なんか」

そんな事を言ってもらえるような人間ではないのに。

ジェイドの話を信じられない思いで聞いていたはずなのに、何故だろう次第に視界がぼやけてくる。

「頑張る君に相応しくなれるよう、これからも努力する。君がいなければ、今こうして騎士として立つことは出来なかった。だからミリエッタも、『私なんか』って言わないで」

少し身を乗り出し、下から覗き込むようにしてミリエッタを優しく見つめる。

「もっと自信を持っていい。君は素敵な子だ。……だって俺が、生まれて初めて好きになった子なんだから」

少し力無く微笑むジェイドがじわりと滲み、ポタリと繋いだ手に雫が零れ落ちた。

「……っ」

「もっともっと、我儘を言ったっていい。大丈夫、絶対に嫌いになんかならないから」

小さくしゃくり上げる声が、賑やかな街の声にかき消されるように溶けていく。

「……し、信じても、良いのですか」

これだけ言ってもまだ不安気に声を震わせるミリエッタに、困ったように眉を下げながら「勿論だ」と呟くと、ジェイドは腕を伸ばしそっと頭を撫でた。

ぽろぽろと大粒の涙を零し泣き出したミリエッタは、頭を繰り返し撫でるジェイドとの距離の近さにハタと気付く。

優しく頭を撫でる一方で、ぎゅっと繋いだもう片方の手。

片膝を突いて愛を乞うその姿は、恋物語で見た騎士様の絵姿そのものではないか。

ピシリと固まったミリエッタに気付いたジェイドは、二人の距離を縮めるようにして身体を寄せてくる。

「どう？　信じる気になってくれた？」

少し躊躇いがちに頷いたミリエッタの頭をぽんと撫で、「これ、俺が着けてもいい？」と先程のペンダントを見せた。

またしても小さく頷いたミリエッタへと身を乗り出すと、正面からペンダントを着けるため、抱きしめるように伸ばされた腕からジェイドの体温を感じる。

「うん、可愛い。良く似合ってる」

少し身体を引き、嬉しそうに見つめる瞳に頬を赤らめながら、先程のタッセルはどうしようかと悩んでいると、ジェイドが受け取り大事に内側の胸ポケットへしまい込んだ。

「騎士服だから見えるところには付けられないけど、御守り代わりに持ち歩くから」

愛おしそうにポンと胸ポケットを叩くその姿を、何故かずっと見ていたいような気持ちになる。

「ほら、泣いたら喉が渇いたんじゃないか？　まだ時間があるから、広場に行ってみないか？」

伸ばされた大きな手に、ゆっくりと自分の手を重ねる。

少し陽が落ち、暖かなオレンジ色に染まる広場は一際賑やかで、収穫したカボチャの重さを当てるイベントに参加しようとジェイドが誘った。

「実は私、こういった目測は得意でして」

「奇遇だな、俺も得意だ！」

ならば勝負だと紙に書くが、案の定ジェイドは大外れ。

ミリエッタは残念ながら三位だったが、お菓子が貰えるらしく、表彰式に参加するようアナウンスされた。

「ミリエッタ、自信を持て!!」

後方で騒ぐ賑やかな騎士に笑いが起こる。

楽し気な笑い声に背中を押されるようにして、少し震える足で表彰台へ上がった。

突然司会者にコメントを求められ泣きそうになりながら、思わず胸元へ手を当てると、先程のペンダントが指先に触れる。

こんなに沢山の人達に注目を浴びて話すのはいつ以来か。

幼い頃のお誕生日パーティーが最後かもしれない。

「あの……あの、表彰されるのは初めてで何を話したら良いか分かりませんが、でもとても嬉しいです」

指先で弾いたオニキスの雫を手の内に収め、ギュッと握り締めると、強い風が吹きつけてミリエッタの帽子を飛ばした。

「ありがとうございました！」

そう答えた瞬間、柔らかな薄桃色の髪が、風を受けてふわりと広がる。

茜色に染まる空の下、突如現れた美少女に広場は騒然となり、慌てて帽子をキャッチしたジェイドは周囲の男達を警戒しつつ、嬉しそうにミリエッタへと駆け寄り、渡さないとばかりに表彰台から抱き上げた。

「よし、頑張ったな！」

そっと降ろすと、褒められたのが嬉しかったのか恥ずかしそうに微笑んだ。

「ありがとうございます！　ジェイド様のおかげです。これ……勇気が湧いて来るような気がして握り締めていました！　ジェイド様の瞳と同じ色ですね‼」

そういえば先程のタッセルはローズクオーツ……ミリエッタの髪と同じ薄桃色。

偶然にも互いの色を模していたことを告げると、気のせいかジェイドの目がほんのりと泳いでいる。

「そういえば、先程俺は良い事を思いついたのだが」

嬉しそうにミリエッタを見つめる瞳。

対して突然の提案に、何やら嫌な予感のするミリエッタ。

「今日みたく会える日を定期的に作りたくて……週末はいつも非番だから毎週会いに行っ

てもいいかな？」

「ま、毎週ですか⁉」

まさの週次定例会を提案され、ミリエッタは狼狽える。

「無理なら屋敷を眺めるだけにするから」

「な、眺めるだけ⁉　いえいえそんな、距離もございますので、それはさすがに」

思わず苦笑すると、それはそれで楽しいから問題ないとジェイドは主張する。

「無理な時は遠慮なく言ってくれればいいし、その場で断ってくれてもいい。どうかな？　駄目かな⁉」

押しが……押しが強いぃぃぃ！

ぐいぐい迫ってくるジェイドに、この流れで駄目とは、とても言えない雰囲気である。

「そ、それでは、無理な場合は事前にお手紙でお知らせしますね」

またしても押し切られ承諾してしまうミリエッタと、これで毎週会いに行く名目が出来たと喜ぶジェイド。

帰り際、目の前でひらりと騎馬し、「それでは週末に」と颯爽と駆けて行くジェイドの姿を、ミリエッタは目を輝かせて見送ったのである。

毎週恒例の図書館通い。

いつもの司書に案内され、専門書コーナーへと足を運ぶ。

小難しい本ばかりだからか、全く人がいないことも多いこの区画。

たまに目深くフードを被った外套の男性がいるくらいで、それ以外は侍女と二人きりの事も多い。

だが今日は外套の男性の他にも珍しく先客がおり、ミリエッタに目を留め歩み寄って来た。

見覚えのあるその男性は、ラーゲル公爵家のイグナスと言ったか……二歳年下で、在学中に博士号を得た秀才だと、先日キールに教えてもらったばかり。

少し利かん気が強そうだが顔立ちが少年のように幼く、男性にしては小柄だからか、何やら親近感を抱く。

自分から歩み寄って来たくせに何を話すでもなく、声を掛けられるのを待っているのか、無言で威張る様子に、ミリエッタはゴクリと息を呑んだ。

勇気が出る気がして、あれから外出の際は必ず、オニキスのペンダントを身に着けている。

　大丈夫、大丈夫と自分に言い聞かせ、服の上からそっと指先で触れて息を整えた。

「ラーゲル卿でいらっしゃいますね。先日オラロフ公爵家での『航路検討会』では、大変お世話になりました」

　子どもに話し掛けるように優しく声を掛けると、気に入らないとでも言うように、フンとイグナスは鼻を鳴らす。

「今日は集中したいから、邪魔しないでね」

　それだけ言うと、そそくさとその場を離れ、書類へと何かを書き留めていく。

　ミリエッタも特に用事は無かったので、勿論そのつもりですと笑顔で答え、目的の本を席に積み、少し離れた場所で黙々と読み始めたのだが。

　しばらくして視線を感じ、ふと顔を上げるとバチリと目が合う。

　偶々かと思い、また視線を落として本を読むのだが、何故だかやはり見られている気がして本の陰からこっそり目を向けると、やはり視線が交差する。

　えーと……どうしよう、話し掛けたほうがいいのだろうか。

　もしかしたら困っている事があるのかもしれない。

「あのっ、今日は私、手隙なのですが、何かお手伝い出来る事はありますか？」

　勇気を出して言ってはみたものの、返される不機嫌そうな眼差し。

余計な真似だったかとミリエッタがしゅんとしていると、こっちに来いとでも言うように顎で促してきた。

慌てて向かいの席へと移動し、差し出された書類に目を通すと、どうやら染料について調べているらしい。

「授業でこんな事する訳ないだろ。仕事で、だ」

学園に行く必要のないミリエッタから小馬鹿にされたと勘違いしたイグナスは、ムッとして語気を強める。

「今回はドラグム商会からの依頼を受けて、この布地に合う染料を探しているんだ」

家門に多数学者を抱えるラーゲル公爵家。

今回依頼があったドラグム商会に限らず、商品開発の研究依頼や真偽鑑定等、様々な依頼が日々舞い込んで来る。

今回は染料という事で、海洋のみならず素材や薬品関連にも明るいイグナスに白羽の矢が立ったらしい。

「見てもいいけど、どうせ分からないだろう？」

不機嫌そうに言うイグナスを横目に、ミリエッタは興味津々で書類を手に取った。

しばらく読み耽り、何かを思いついたように顔を上げる。

「そういえば、複数の材料が互いに反応し合い、美しい色を出す方法があると何かの本で読んだことがあります。単に混ぜ合わせるだけでなく、科学的な反応を起こし生まれるその染料は、鮮やかで色落ちをしないそうです」

「そういえば聞いた事があるな。具体的な材料は思い出せる？」

「そうですね……ひとつは確か、『芒硝』だったかと」

何とか材料の一部を思い出し、それではそこから紐づく情報を整理していこうと、二人で専門書を読み漁る。

そういえば棚の上にもあったとミリエッタが脚立を持ち運ぼうとした瞬間、イグナスが横から奪い取るようにして脚立を持った。

「どの本を取ればいいの」

驚いて目を向けたミリエッタを睨み付け、何故か怒ったような声を出すイグナス。

どうやら本を取るのを手伝ってくれるらしい。

ぶっきらぼうに尋ねる様子が可笑しくて、ミリエッタがクスクスと笑うと、イグナスは不満気に口を尖らせた。

身長はこれから伸びる予定だからと言い訳をしながら脚立に乗り、指示された本を取ってくれる。

「あった！　色染めの反応染料。これです！」

探していた記載を見つけ、二人は思わず身を乗り出し、顔をくっつけるようにして本を覗き込む。

「これは使えるかもしれない。王国のはずれに確か『芒硝泉』があったはずだ。『芒硝』は、そこから取り出せばいい」

「あとは『トロナ鉱石』から抽出する化学物質も必要ですね。隣国に鉱床があったと記憶していますが、輸入は出来ますか？」

「うーん、あまり一般的に使用される物ではないから難しいかもしれないが……ドラグム商会なら取扱いがあるかもしれないな」

キールに聞いてみるかと熱心に話し込む二人。

「もし鉱物を輸入出来たとして、反応染料に必要な化学物質を抽出するには、粉末状に細かく砕いた後、高温で均一に熱処理をする必要があります」

「となると、回転式の装置で一気に焼成するのがベストだな」

「鉱石の状態で輸入し国内で処理をするか、もしくは輸送コストを削減するため、隣国の企業に融資し現地で焼成してから運ぶか……航路を使う事になるので、この辺りもコスト見合いで検討が必要ですね。吸湿性があるので、輸送方法は慎重に検討したほうが良さそうです」

糸口を摑むや否や意気投合し、夢中で話し込む学者肌の二人。

「そういえば明後日（あさって）、ステラ様とドラグム商会の直営店に伺（うかが）う予定なのですが、キール様もお店にいらっしゃるそうなので、お取り扱いがあるか聞いてみますね。お役に立てそうで良かったです」

微笑み、ミリエッタはそこでふと我に返る。

身体を寄せ夢中で話し込んでいたため、すぐ目の前にイグナスの顔がある。

キョトンとしていたイグナスも我に返り、二人はお互いに仰（の）け反（ぞ）った。

「きゃあああ」

「う、うわあああっ」

至近距離で視線が交差し、動揺（どうよう）して叫（さけ）ぶ二人。

慌てて立ち上がったイグナスがガタガタと椅子を倒（たお）し、本来なら静かにすべき図書館内で大きな音を立てるが、人払いがされているため問題はない。

異性との慣れない距離に、お互い顔を赤らめて慌てふためく姿を、少し離れた場所から侍女が静かに見守っている。

「ええと、で、ではそういうことで失礼致（いた）します」

ドギマギと視線を泳がせ、いそいそと席を立とうとしたミリエッタの腕をイグナスが不意に掴んだ。

「別に……邪魔じゃないから」

先程邪魔をするなと言われたばかりなのだが、引き続きここで本を読んでも構わない、という事だろうか。

意図するところが分からず少し困ったように見上げると、ミリエッタの反応が心配なのかイグナスの瞳が不安気に揺れている。

「では、もう少しだけ」

それならばと姿勢を正し座り直すと、イグナスはホッとしたように頷いた。

「明後日、僕も一緒に行っていい？　他に聞きたい事もあるから」

「差し支えございません。それでは、ラーゲル卿も」

「イグナスだ」

「……？　ええと」

「イグナス」

「で、では、イグナス様も一緒に参りましょう」

強い口調で押し切られ、半ば強制的に名前呼びを促される。

ではこの話はこれまでと、ミリエッタは気持ちを切り替えるように読みかけの本へと目を落とし、いつもの穏やかな読書の時間が始まった。

分厚い専門書を立てるようにして、読書に耽るミリエッタを横目に、先程同様イグナスが、ちらりちらりと視線を送る。

デビュタントの時にダンスをしながら話したっきり、先日オラロフ公爵家で開催された航路検討会まで接点がなく、何とか仲良くなる方法はないかと仕事も兼ねて王立図書館へ赴いたままでは良かったが。

話をしようにも話題がなく、さらにはどこから手を付けたら良いかも分からないドラグム商会からの依頼に頭を悩まされ、もう諦めて早々に帰ろうかと思い始めたその時、驚いたことにミリエッタから手伝いを申し出てくれた。

同年代で肩を並べられる者はおらず、また話も合わないため、馬鹿には付き合っていられないと学園内には心を許せる友人が一人もいないイグナス。

王立学園に通う必要すらない才媛と聞き、どれ程のものか見定めてやろうと意気込んでいたのだが、少ない情報からあっという間に糸口を掴み、広げていくミリエッタの博識ぶりに驚かされる。

打てば響くように反応が返り、お互いに知識を補完しながら考察を進められるなんて、同年代相手には初めての事で楽しくて堪らない。

もっともっと色々な話をして意見を交換し合いたいのだが、あまり話し掛けて読書の邪魔をしても申し訳ない。

キールは名前で呼ぶくせに、イグナスのことは改まって『ラーゲル卿』と呼ぶのが何やら気に入らず、強引に名前を呼ばせてみると、目を丸くして『イグナス様』と呟く様子が可愛くて、思わず頬が緩みそうになる。

家族以外の女性に名前を呼ばれるのは初めてだが、なかなかどうして悪くない。

「……うん、悪くないな」

ミリエッタを横目に分厚い本で顔を隠しながら、イグナスは口元をほんのりと綻ばせ、嬉しそうに呟いた。

図書館にいた外套の男性……ジェイドは、息の合う二人にヤキモキしながら、部屋の隅でこっそりと様子を窺っていた。

しかもステラとミリエッタが仲良く連れ立って、ドラグム商会の直営店へ行くらしい。

店にはキールがいる上、イグナスまで同行すると聞き、心配で居ても立ってもいられなくなり、こっそり隠れて遠くから尾行することにしたジェイド。

王都にあるドラグム商会直営店の一階は、何種類かの規格から半オーダーメイドのような形式で注文が出来、一部既製服の取り扱いもある少しリーズナブルなお店。

そして二階は横付けした馬車から人目に付かず入店出来る仕様になっており、生地の選定から縫製まで、隣接するアトリエで一貫して行うことが出来る、貴族を対象にした完全オーダーメイドのお店。

購買層によりフロアが分かれているのだが、扱う金額に比してフロアの警備が心許ない気がする。

キールとイグナスを数に組み入れたとしても、普段の様子から見るにあまり戦力になりそうもなく、有事の際、身体を張ってミリエッタを守ることは難しいだろう。

故にこの尾行はやむを得ない、必要に迫られたものである。

そんな言い訳をしつつ植え込みの陰に大きな身体を隠していると、何やら怪しい動きをする男が二人、ミリエッタの乗っていた馬車に近付いた。

怪しげなその男達にそっと近付き一撃で仕留めたものの、ここに寝かせておく訳にもいかない。

「目を離すと、次から次に湧いて来るな……」

他に不審な者がいないことを念のため確認した後、街の衛兵所に引き渡すべく、捕らえた男達をズルズルと引き摺りながら歩き出したのである――。

窓の下、ジェイドが不審者を捕縛し撤収する姿に笑いを堪えながら、キールは部屋の中央へと目を向けた。

テーブルいっぱいに広げられた革製品の見本に、手袋のデザインブック。

少し大きめのサンプル帳は、装飾の刺繍見本で埋め尽くされている。

「鉱石の件は方針が決まり次第、連絡してくれる？　選ぶのに時間が掛かりそうだから、今日は先に帰るよ」

席を立ち、ミリエッタに「じゃあまた、図書館で」と声を掛けてイグナスは部屋を後にした。

普段は他人など気にもしないイグナスが声を掛けた事に驚き、キールとステラが、おや、と顔を見合わせる。

「……そういえば、先日の夜会は大変だったね。あれはゴードン伯爵の指示かな？」

「いえ、恥ずかしながら情けない私を見兼ねて、母が」

「ああ、伯爵夫人が。でもまさかジェイドに渡すとは思わなかった」

まぁ、あんな感じで渡すとも思わなかったけど、とキールは補足する。

「そういえばジェイドとは、その後どう？」

ニコニコと人好きのする笑顔で問われ、どこまで話して良いものかステラに目を向けると、「あ、申し訳ありません。全部話してしまいました」とあまり反省していない様子で謝られた。

「……ステラ様にお伝えした通りです」

聞かれて困る事は無いのだが、何だかジェイドに申し訳ないと俯きがちに肯定したミリエッタに、キールは声を上げて笑い出した。

「あはは！　いや、うん、ジェイドらしいな。いい奴だが少し思い込みの激しいところがある。困ったらいつでも相談するといいよ」

冗談めかして言われ、ミリエッタもプッと吹き出してしまった。

「そうですね、ではその時はお願い致します」

「私にも相談してくださいね！」

ステラにも声を掛けられ、嬉しそうに頷いたミリエッタはティーカップに指をかける。

「素敵なティーカップですね。大好きな工房です」

「だろう？　ここの商品目録が王立図書館に寄贈されているんだけど、見た事はある？」

「はい、以前拝見しました。どれも素敵で……このティーカップも生産を終了したアンティークのシリーズですね」

嬉しそうに紅茶を口にするミリエッタへ、キールはふと思いついたように口を開いた。

「そういえば今度ルークが王都の店巡りをする予定なんだが、もし良ければ一緒にどう？　公爵家しか立ち入れない店や、絶版の書籍を取り扱う店もあるよ」

ここ数ヶ月、非正規の商品が数多く市場に出回っているため、一斉摘発を目的として覆面調査を行うのだという。

「ミリエッタ様、掘り出しものが見つかるかもしれませんよ！　女性がいたほうが話を聞き出し易いとのことで、私も同行する予定です」

イグナス様もいらっしゃるので、一緒に如何ですかとステラが誘う。

「今回はあくまで下見。公式の立入捜査は後日行う予定だから、買い物だと思って気軽に楽しんで来るといい」

絶版の書籍と聞き、急に目を輝かせたミリエッタが嬉しそうに頷くと、楽しみですとステラが微笑む。

「商会のお仕事の他に調査協力まで……大変ですね」

手渡された店舗リストに目を通していたミリエッタが、ふと零した。

各種店舗での取り扱い商品は多岐にわたり、これだけの専門家を集めるだけでも相当な時間を要するだろう。

「まぁ、仕事だからね」

「お仕事でご一緒させていただいたのは先日の航路検討会が初めてですが、とても興味深い内容でした」

「うん、それは良かった。交渉事はステラの得意とするところだから、来月以降はステラに引き継ぐ予定なんだ」

キールと目が合い、ステラが嬉しそうに微笑む。

「いつか自分の商会を立ち上げようと思っています」

「まぁ、それは楽しみです」

「その時はミリエッタ様、お手伝いしてくださいますか？」

可愛くおねだりするステラには、誰も敵わない。

「勿論です。私に出来る事ならいくらでも」

やったぁとはしゃぎ、キールに「実はミリエッタ様は五か国語を話されるのですよ」と耳打ちする。

「それは凄い。そうか、そういえばイグナスに染料のアドバイスをしたのは君だったな」

「いえ、そんな、実現可能なレベルに落とし込んだのは、あくまでイグナス様。私は本で読んだ事のある内容を偶々思い出し、お伝えしただけです」

ふぅんと頬杖を突き、キールはまじまじとミリエッタを見つめた。

商売をする上で価値のある情報は値千金、その偶々が出来る人間は数える程だ。

デビュタントで見た時から興味はあったが、イグナスの一件も然り、改めて話をするとなかなかに面白い。

「ミリエッタ嬢、本格的にうちの仕事を手伝う気はない？」

ドラグム商会のみならず、どこの商会も専門人材が軒並み人手不足。

正直、喉から手が出る程欲しい。

「駄目です！　ミリエッタ様は私の商会を手伝う予定なので、お兄様には差し上げられません」

「うーん、でも是非ともうちに欲しいなぁ」

「だ、め、です!!」

間に割って入り、必死に阻止しようとするステラの言葉に、ピンと閃き口元が緩む。

「じゃあ、オラロフ公爵夫人になる気はある？」

「ええっ!?」

良い事を思いついたとばかりに目を輝かせ、キールはミリエッタのほうへ向き直った。

「謙虚で相手を立てるのが上手い。商売人は猜疑心が強い者も多いから、君みたいなタイプはそういない。オラロフ公爵夫人の立場で商会の業務に携わり、面倒事を私が引き受ければ、恐らく今以上に商会が上手く回る」

裏表のない性格にこの聡明さと美貌が合わされば、相手はコロリと落とされる。

キールが小声で「お前も分かっていてミリエッタ嬢を取り込もうとしているんだろう？」と耳打ちすると、図星だったのかステラは苛立ったように頬を膨らませた。

「信頼関係のないところに商会は成り立たない。家族と同じだ。妻になる女性には最大限の信頼を寄せ、愛すると決めている。私のもとへ来れば幸せにしてあげるよ？」

身に余る大変光栄なお申し出だが、自分にオラロフ公爵夫人など務まる訳がない。

色気たっぷりに迫られ、ミリエッタが回答に窮していると、なおも重ねて迫られる。

「仕事は忙しいかもしれないが、何不自由ない生活も併せて約束しよう」

ぐいぐいと来られ慄くが、思い起こせば在りし日のジェイドはもっと凄かった。

御守り代わりのペンダントがあること以上に、ジェイドのおかげで耐性が付いてきたのかもしれない。

「そ、そうですね。その時は是非」

「オラロフ公爵夫人になりたくなったら、いつでも連絡しておいで」

「そ、そうですね。はい、大変光栄なお申し出です……」

ぎこちなくミリエッタが頷くと、ステラがガシリと両肩を摑んだ。

「お兄様に無理な要求をされたら、必ず私に相談してくださいね!!」

勢い良くガクガク揺さぶられ、ありがとうございますと途切れ途切れに礼を言う。

手袋は大至急縫製に回してくれるとのことで、出来上がり次第キールから連絡がもらえることになった。

馬車の窓の外に広がる吸い込まれそうな青空を瞳に映し、四大公爵の御令息は強引な方が多いのかしらと、半ば思考を放棄してミリエッタは目を瞑ったのである。

光沢のあるサテン生地に、透け感のあるシフォン生地を重ねた、紺色のクラシカルワンピース。

アクセントの帽子には大きな花があしらわれ、シンプルながらも品があり、いかにも貴族令嬢といった雰囲気を醸し出している。

「ああ、これは……美しいな」

ゴードン伯爵邸まで馬車で迎えにきたルークが、姿を現したミリエッタに、思わずといった様子で嘆息した。

　事前に渡した店舗リストには、骨董品を取り扱うアンティークショップに、裸石から研磨加工、オーダーメイドまで手掛ける工房併設の宝飾店。

　加えて貴族であっても入店に紹介状が必要な古書専門店など、種々様々な店舗を特徴ごとに列記してあるのだが、いずれの場合も相応しく、またルークと立ち並んでも遜色ない水準に達するよう、ミリエッタが身に着ける宝飾品にはどれも工夫が凝らされていた。

「そんな、その……、デズモンド卿も素敵です」

　先日の収穫祭のおかげで最近は少しずつ街へ行く頻度も増え、色々な人と話す機会を持つようになったため、初対面の男性とも以前ほど抵抗無く話が出来るようになってきた。

とはいえ、こんな風に褒められるとどうして良いか分からず、頭が真っ白になってしまいそうになるのだが——赤面する頬を押さえながら、少し恥ずかしそうにお礼を述べる。

ルークは黒灰色のトラウザーズ、シャツにベストを合わせたラフな服装だが、持ち前のスタイルの良さが際立ち、深紅の髪と瞳が相まって、とにかく人目を引く。

「ステラとイグナスは現地で合流予定だ。本日は覆面調査も兼ねているため、申し訳ないが恋人役に徹して欲しい。……女性を伴うと、相手も油断して気が緩む」

エスコートを受けて馬車に乗ると、第一声で恋人役を提案され、緊張のあまりギシリと身体が固まった。

「真偽鑑定はイグナスが得意とするところだが、如何せん専門分野が限られている。今回は下見のため、本来雇うべき各分野の専門家について同行を見送らせてもらった。イグナスは宝飾品や絵画などが不得手なようだから、気付いた事があれば、どんな小さな事でもいいから教えて欲しい」

「……その場でお伝えするのとお店を出てから、どちらが宜しいですか？」

本来であれば店舗を出てからにすべきなのだが、商品に何か問題があった場合は、その場で確認したほうが話が早い。

ジェイドを上回る巨軀の強面に身構えていたのだが、落ち着いた低い声が心地好く耳に響き、丁寧に説明してくれる様子に少しずつ緊張がほぐれていく。

「その場で申し出てもらって構わない。証拠品として押収がてら購入予定だが、たいした額ではないので誤っても問題はない。欲しい物があれば、思う存分強請ってくれ」

さすがは天下のデズモンド公爵家。

そんなことを言ったら容赦なく強請る御令嬢もいるのではと心配しつつ、訪問先の店舗リストを思い出し、読んだことの無い古書があるのではと期待に胸が膨らむ。

「お役に立てるよう、心して頑張ります！」

決意表明をするミリエッタに「それは楽しみだ」と告げ、ルークは面白そうに目を細めた。

ルークの調査に同行するため定例会をキャンセルしたいという手紙を貰い、またしても外套に身を包んで街へと繰り出し、こっそり隠れて遠くから尾行していたジェイド。
よりによって我が国最強の騎士……まごうことなくトップに君臨するルークと視察など、暴漢もさることながら、ミリエッタが心惹かれないか心配で心配で仕方がない。
そこらの暴漢が束になっても敵わないが、如何せん融通の利かない男である。

ミリエッタではなく市民の安全を最優先にしないとも限らない。

故に先日に引き続き、この尾行もやむを得ない、必要に迫られたものである。

またしてもそんな言い訳をしつつ路地の隙間に隠れていると、何やら怪しい動きをする男がミリエッタを遠巻きに見つめている。

虫けらどもめ、ミリエッタに一ミリたりとも近付かせてなるものか。

迅速に処理をし、人通りも少ないから差し支えないと道路の隅に転がすと、今度はパン屋の陰から違う不審者が様子を窺っている。

くそ、あいつもか。

急いで仕留めると、反対側の路地裏にいる男も不審な動きをしながらミリエッタを尾行しようとしている。

キリが無いな、と考えていたその時、『デズモンド卿も素敵です』とルークに伝えるミリエッタの可愛い声が耳に届き、心がささくれ立つ。

「おい、お前、一体今何をしていた？」

不審者の肩に手をかけ問いかけると、可愛い子だったから見ていただけだと嘯いた。

「なるほど図々しくも俺の女神を瞳に映したというわけか。……粛清だな」

ジェイドが不審者達をゴロゴロと道端に転がしているうちに、ミリエッタはルークと馬車に乗り込み、目的地へと向かったのである。

馬車に揺られ目的のアンティークショップに到着し、店の前でステラとイグナスに合流する。

四人並んで仲良く骨董品を見ていると、イグナスがとある白磁器の前で立ち止まった。しばらく手に取り眺めていたが不意に何かを思い立ち、入口近くに置いてあった花瓶を持ってきた。

「ミリエッタ嬢、この二つの白磁器……同じ工房の刻印が彫られているけど、何が違うか分かる?」

小さな声で、まるで生徒に授業をする教師のように問いかけるイグナス。

気難しいイグナスが警戒を解き、友人のように仲が良さそうな二人の様子に、ルークが驚いて視線を向ける。

なんだろうと首を捻るミリエッタに得意満面、イグナスは二つの白磁器を掲げた。

「コレ、微妙に色味が異なるの分かる?　並べると分かり易いよ」

机に置き左右横並びにすると、確かに片方は少し色がくすんでいる。

「この工房は、原料に一定の割合で動物の骨灰を加えていて、乳白色のまろやかな色合い

が人気を博している。骨灰を加える過程で特殊な技術を要するのだけれど、規定の割合を満たしていないのか、模造品には少しくすみがある」

そこまで説明すると、イグナスは二つの白磁器を順番にコンコンと指で軽く弾いた。

「強度を保つため、高温で複数回焼く必要があるんだけど、焼成温度が適しておらず本来の発色が出来ていない。……再現しきれなかったみたいだね」

工匠達が精錬する顔料自体も、工房によって製法が秘匿されているため、技術があっても再現するのは並大抵のことではないと言う。

「恐らくこちらが偽物だ」

手渡された花瓶を見ると、単体では見分けがつかない程のわずかな違いしかない。

ミリエッタはイグナスの博識ぶりに感心し、身を乗り出すようにして相槌を打った。

続けてイグナスはまた別々の場所から持ってきた同工房のティーカップを置き並べ、今度は裏返しにして刻印を見せる。

「これも一見同じだけど刻印を見ると一目瞭然。異なる字体と歪みは、模造品の特徴だ」

目を凝らしても気付かないような差異を次々と言い当てていくイグナスに、ミリエッタは感嘆の息を漏らした。

「凄いわ！　とても詳しいのですね！」

尊敬の眼差しを向けられ、イグナスの得意満面な様子に吹き出したルークとステラを、イグナスはギリリと睨み付ける。

「質の高い模造品になると、目利(めき)きする人間がいない場合に気付かず販売(はんばい)してしまう可能性も高いんだ。こういった贋作(がんさく)は離反(りはん)貴族の資金源になる可能性も高いため、証拠として押さえておいた方がいい」

異なる工房の作品を本物に寄せるだけで、その価値は数倍に膨れ上がる。

一通り並べ終えた商品に加え、カモフラージュするための食器や壺(つぼ)を大量に注文し、公爵家宛(あ)ての領収書に購入日と金額、細かい品名と数をそれぞれ記載させると、すぐに発送の手配をするようルークが店員に指示を出した。

「鑑識(かんしき)では原材料から産地を割り出すのですか？」

「そうだね。商品を卸している商会の絞(しぼ)り込みから始めて、現地調査に向かわせて……とても気の長い作業になるよ」

熱心に話し込む姿がどうやら微笑ましかったようで、「なんだか姉弟(してい)のようですね」とステラが漏らし、またしてもイグナスに睨まれていた。

粗方(あらかた)出揃(でそろ)い、次の店まで徒歩十分の距離を移動する。

暗い路地裏に入り少し歩くと、諍(いさか)いが起きているのか男達の怒鳴(どな)り声が聞こえてきた。

「酔(よ)っ払(ぱら)いですね」

ステラが嫌そうに顔を歪め、昼間から酔いの回った男達を見ていると、口論の途中で腹を立てた片方の男が、持っていた酒瓶を相手に向けて打ち下ろそうと大きく振りかざした。

危ないと思った瞬間ルークが間に割って入り、酒瓶を持つ酔っ払いの男の手首を掴むと、ギリギリと力強く握る。

「ぐ、グあぁぁあアッ!!」

骨がミシミシと軋み男が苦痛に顔を歪ませると、握っていた酒瓶が地に落ち、ガシャンと音を立てて粉々に割れた。

そのまま腕を捻り上げると男は為すすべもなく悲鳴を上げ、藻掻き逃げようとするが、相手は王国最強の騎士団長。

逃げるどころかビクともせず、そのまま軽々と押さえつけられてしまった。

「すごい……」

思わずミリエッタが呟くと、ステラもまた頬を染めてその姿を見つめる。

「素敵ですよね！　ルーク様とお出掛け出来て、しかもあんな格好良いところを拝見出来るとは!!　今日は来てよかったわ」

「本当に、素敵ですねぇ」

二人の会話に、「ただの脳筋じゃないか」とイグナスが悔し気に毒を吐き、やれやれと自分達が歩いて来た方向を振り返ると、何やら遠くに見覚えのあるシルエットがある。

図書館でも見かけた外套の大男……まさかと思い眺めていると、怪しげな男達を一蹴(いっしゅう)しては道の隅に寄せ、積んでいく姿が目に入る。

ふと目が合い、ささっと路地裏に隠れてしまった怪しい大男に溜息を吐くと、イグナスは何ごとも無かったかのように視線をルークへと戻(もど)した。

「すまない、待たせたな」

「とても強いのですね」

駆け付けた憲兵に男を引き渡して戻ってきたルークをステラがキラキラした目で称賛(しょうさん)すると、ルークは何てことないように笑った。

「強くないと下の者が付いて来ないからな。それに騎士団長ともなると、自分の判断が他人の生命(いのち)を左右する事も多い。それ程良い物でもないぞ」

「それは……確かにそうですね」

大抵はそんな事ありません、とここで称賛の眼差しを向けられるのだが、ポツリとそんなことを呟いたミリエッタに、ルークは意外そうに問いかけた。

「どうしてそう思う？」

「ええとそうですね、一人で判断出来る範囲(はんい)は大抵限られており、その時々の心理状態にも左右されます」

考え込むように、ミリエッタはポツリポツリと言葉を続けていく。

「故に一人の判断で多くの人間を動かす事は、とても危険なのです。しかも命が懸かるような現場で、たった一人に責任を負わせあとの人間は駒のように動くなど……」

普段はあまり自分の意見を言わず物静かな印象のミリエッタだが、ひとたびスイッチが入ると論客になるらしい。

優秀な兄や家族と比べ自分は平凡な人間だと思い込んでいる、と父から聞いた事のあるルークは、どちらがミリエッタの素なのだろうと面白そうに視線を送った。

「ではこれから少しずつ、変えていかねばならないな」

「あっ！　いえ、そういう意味では……出過ぎた事を口にして申し訳ありません」

「いや、そんな事は無い。先程ミリエッタが述べた意見は正しい」

話しながら歩いていると、前方に目的の店が見えて来る。

「否定するつもりはなく、ただこうなんというか、少し悲しくなってしまったのです。すべてを理解する事は出来ませんが、一人で抱え込む大変さや辛さは想像出来ますから……。私は、ルーク様を尊敬します」

輝くような眼差しを向けられ、ルークは口元に手を当てて視線を逸らし、「これはまずいな……」とそっと小声で呟いた。

到着した店は裸石からオーダーメイドまで、併設した工房ですべてが対応可能な、王都で人気の宝飾店。

　店に入るなり最上階の別室に通され、店頭ではお目にかかることの出来ない桁違いの金額……もはや芸術品と言っても過言ではない宝飾品の数々が、目の前に並べられる。

どれでもお気に召した物をお試しくださいとオーナーに勧められ、ミリエッタは緊張した面持ちで、他の三人へと視線を向けた。

「当家は代々受け継いだものを大事に使いますので、滅多に新調しないのです。こういう場は少し緊張しますね」

　勧められるがまま身に着けるものの、値段が気になるミリエッタはソワソワと、落ち着きを失くしていく。

　何か気に入った物があれば購入しようとルークに言われ、「後ほど、自分に見合った物があれば、その時にお願いします」と、やんわり断った。

どれも最高級の宝石があしらわれ、それ一つで王都に家が購入出来る程の価値がある。

公爵家の財力に慄きつつ、この場にこれ以上いると身が持たないと、ミリエッタが商品を説明していたオーナーへ声を掛けた。

「申し訳ございません。本日は自分用ではなく、当家の侍女へお土産を買いに来たのですが、店頭の商品を拝見しても宜しいですか？」

　残念そうなオーナーに一階へと案内され、店頭のガラスケースに収められた宝飾品を各々眺めていたのだが、ミリエッタがふと隅に置いてある彫金の手鏡に目を留めた。

「こちらは随分と手頃な価格ですが、何か理由があるのですか？」

「はい、そちらは工房の見習い職人が手掛けたもので品質が安定しないため、通常の半額程度で値付けしています」

店員の答えに、なるほどと一度は頷くものの、「……素晴らしい出来栄えなのに」と残念そうにミリエッタが呟いた。

「そうですね、見習い職人が作ったとは思えない程です」

「ステラ様もそう思われますか？　相応の仕事には、相応の対価を払ってあげたい気もするのですが」

気弱な印象があったのだが、安価な値付けに疑問を呈するミリエッタの姿がまたしても意外で、ルークが目を眇める。

しばらくすると別件でオーナーが呼ばれ、その場を後にした。

少し離れた場所で足を止めたミリエッタは、今がチャンスとばかりに三人を手招きし、近くにあるガラスケースをコツンと叩く。

イグナスが不得手と聞いたこの分野、実はミリエッタの得意とするところである。

「上下で異なる素材を使った模造石です。こちらの指輪は、下部がルビーを模した赤色ガラス。硬度を高めるため複数の素材を組み合わせることもありますが、これは原価を抑えるため、天然石に似せただけの紛い物です」

該当の指輪を視線で示し、「横側から確認すると、接着による違和感や不自然な層に気付けますよ」と伝えるのだが、最初の白磁器同様、素人目にはよく分からず、三人はふむふむと頷くばかり。

「気になった物は買い上げていくから、すべて教えてくれ」

ガラスケースを覗き込んでいたミリエッタは店内を一周した後、ルークの言葉を受けてゆっくりと頷いた。

いやはや聞きしに勝る、御令嬢だった……。

ルークは前日の調査を思い出すように目を瞑る。

あの後も次から次へと看破し、公爵邸の広間には戦利品が山の如く積まれている。

これから様々な専門機関に委託し、それぞれに再鑑定の上、問題の店舗にはそれなりの指導が入る予定だが、多岐にわたるミリエッタの知識には舌を巻くばかりだった。

イグナスが特別なのだと思っていたが――。

まだ十代なのに、二人には驚かされるばかりである。

そして先程、ちょっとした冊子ほどの分厚い手紙が、ミリエッタから速達で届いた。

一枚目は調査のお礼。

二枚目から五枚目は模造品の特徴と見分け方、補足資料として参考文献が記載されており、六枚目は模造品の原材料や生産地について。

七枚目から十五枚目には、土地ごとに洗い出した取り扱い先の商会名がリスト化され、それぞれの流通経路がまるで報告資料のように読みやすく纏められていた。

御令嬢から分厚い手紙をもらうことは多々あり、大抵は思う存分思いの丈が綴られているのだが、さすがにこのパターンは初めてである。

あの後最後に訪れた古書専門店で目を輝かせ、埃の中から図鑑のような本を発掘し、「この図鑑をお願いしても宜しいですか？」と、興奮に赤らんだ顔で聞かれた時には、思わず声を上げて笑ってしまった。

「百年近く前に書かれた医学書で、現在は絶版になっており、ずっと探していました！あの、五冊セットなので出来ればその、五冊とも欲しいのですが……」

医学書を抱きしめながら一生懸命説明する姿が微笑ましく、「好きなだけ買って構わない」とルークが頷くと、飛び上がって喜んでいた。

宝石を身に着けていた時の、死んだ魚のような目。

医学書を見つけた時の、興奮に潤む輝いた瞳。

「自分に見合った物があれば、その時にお願いします」と、貴族の令嬢なら誰もが欲しがるような高価な宝飾品をすげなく断ったミリエッタ。

柔らかく微笑みながら次々と偽物を看破していく……驚くほど自己評価の低い伯爵令嬢。

件の医学書が如何に素晴らしかったかが記載された、十六枚目の手紙を読み終えた後、ルークは次の封書を開け目を丸くする。

「クッ、……あははは！」

今回ミリエッタが担当したイグナスの苦手分野は、専門性が高く知識も多岐にわたる。特に宝石などは肉眼で瞬時に判断していたため、その成否は良くて五割だろうと踏んでいたのだが、差押品を鑑定したところすべて偽物であることが判明した。

当初専門家をそれぞれに雇い入れ、予算計上後に再度店舗を回る予定だったが――。

医学書五冊分の請求額は、専門家を雇い入れた際の試算と、同等額。

宝飾店で、『相応の仕事には、相応の対価を』と言っていたミリエッタを思い出す。

デビュタントや夜会での様子から、前評判は高いがあくまで御令嬢としての評価だとタカを括っていたルークだったが、蓋を開けると圧倒されたのはこちらのほうであった。

想像の斜め上を余裕で飛び越えるミリエッタに、ここまで来たらもはや笑うしかないと、請求書を片手に肩を震わせ笑いを噛み殺したのである。

デズモンド公爵家の庭園に、社交界の花々が咲き誇る。

『緊急事態につき、至急来られたし』

ティナからの緊急招集に、『ミリエッタを愛でる会』恒例の面子が、緊張の面持ちで円卓を囲んでいた。

「なにか……何か、進展があったのでしょうか」

子爵令嬢アンナが恐る恐る質問をすると、ティナが目を伏せ頭を振った。

「本日の議題は我が兄、ルーク・デズモンドについてです」

意外な議題に、どよめく令嬢達。

「先日我が兄ルークが覆面調査と称し、あろうことか摘発対象候補の店舗へと、ミリエッタ様を連れ出したようなのです」

実は二人きりではなくステラとイグナスも同行したのだが、侍女から小耳に挟んだだけなので、その情報は得ていない。

さらに本日ステラとミリエッタが不在のため、真相を知る者はこの場に誰もいなかった。

「なんてこと！　そんな危ない場所へ!?」

零れそうな程に目を見開いて、スカーレットが口元を両手で覆った。

「お父様がミリエッタ様の博識ぶりを日々褒めるものだから、その実力を試してみようと悪戯心を起こしたのやもしれません。ですが問題は、その後です」

キラリと目の奥を光らせたティナに、令嬢達はごくりと喉を鳴らした。

「ミリエッタ様とお出掛けをされた当日。午後を過ぎたあたりから、次々と公爵邸へ運ばれてくる品々……食器、壺、宝飾品、古書に薬草。その品目は種々様々で、大広間の半分を埋め尽くす程でした」

ここまでは宜しいですか？　と前置きすると、令嬢達が顔を強張らせながらコクリと頷く。

「そして翌日、ミリエッタ様から大層分厚い手紙が兄宛てに届いたのです」

そう、例えるならば、これくらい。

円卓上の皿に盛られたクッキーを三枚積み上げると、令嬢達からどよめきが起こる。

「扉の隙間から覗いた限りですが、取り出したる手紙は目測で軽く十数枚。普段令嬢からの手紙など洟をかむ薄紙程度にしか思っていない兄ですが、にこやかに一枚目を読み終え、二枚目からは真剣な表情になり、そして最後の一枚で満足そうに微笑んだのです」

もしやミリエッタ様が恋に落ち、他の御令嬢のように思いの丈を綴られたのでは？

そして、ルーク様に思いが通じた……？

ドキドキと胸の前で手を組み、次の展開を待つ『ミリエッタを愛でる会』。

「そこまではまだ良かったのです。問題はその後。次に開いた封書から請求書らしき物を手に取ったお兄様は、なんということでしょう。驚きに目を瞠り、大きな声で笑い出したのです」

請求書を見て笑い出す⁉

ジェイドなら兎も角、ルークの奇怪な行動に、令嬢達の視線が激しく交差する。

「一体何があったのかと兄を問い詰めたところ、恋人役を強要したそうです。それ以上は残念ながら伺えませんでしたが、おそらく他にも色々と」

ティナの発言に、「きゃあああ！」と頬を染めた令嬢達から黄色い声が上がる。

「ルーク様の恋人役とは、なんて羨ましい！　ですが、ほ、他にも色々とはッ⁉　具体的にどのような行為を強要したのか、非常に気になるところですね……‼」

令嬢一番人気の騎士団長、ルークの名前に令嬢達はゴクリと息を呑んだ。

「幼い頃から剣を振るってばかりで、女心など知る由もないお兄様のこと。大層可愛らしいミリエッタ様を前に、我慢が利かなくなった可能性も否定できません」

「……ッ‼」

各々想像を膨らませ、頬を朱く染めながら悶絶する令嬢達。

話しているうちに気分が乗ってきたのか、ティナは芝居がかったように推測する。

「思慮深いミリエッタ様は、お兄様にそれとなく伝えようとしたが失敗に終わり、あわや、という場面で思いつく……」

「人の目があれば、無体なことは出来ないだろう。密室で二人きりになるのを避けたいミリエッタ様は、なんとかして逃れようと店々をわたり歩き、結果、尋常ならざる量の不要品を購入するに至った、と」

ミリエッタの次に名前があがるほどの才媛、スカーレットは身を乗り出し、ティナに続けるようにして言葉を紡いだ。

「恐らくは。そして心尽くしの言葉をつらね、母のように優しく諭そうとした結果が、あの分厚い手紙だったのでしょう。平素から可愛らしい令嬢達に言い寄られ、鼻高々になっていたお兄様の心へ、さぞかし響いたに違いありません」

「……なるほど。そして驚くほどの請求額を前に改めて反省したルーク様は、ご自身の至らなさに思わず笑うしかなかった、という事ですね」

上手いことスカーレットがオチを付け、最後は綺麗にまとまった。

間違いない……ミリエッタを愛でる会（会員四名。本日ステラは不在）は、顔を見合わせ頷きあう。

「でもやっぱり、ルーク様と恋人役だなんて羨ましい」

どこからか、ぽつりと小さな声が漏れ聞こえる。

実を言うとこのメンバー、いまだ誰も婚約者がいない。

四大公爵令息のいずれかが候補になる可能性が高いため、ミリエッタの婚約者が決まらないと身動きが取れない、という悲しい状態が続いている。

誰一人としてハンカチを渡したことがないのだが、ちゃっかり刺繍の練習だけは日々こなしているため、職人ばりにメキメキと上達してしまった。

正直、刺繍だけは自信がある。

ミリエッタが誰を選ぶにしても、誕生日直前に催されるラーゲル公爵家の夜会が終われば、今度は自分達の番である。

この夜会でミリエッタの恋の行方を見守りつつ、到底手の届かない高嶺の花だったのだと数多の令息に諦めていただいた上で、チャンスがあれば自分達もハンカチを渡し婚約への足掛かりとする。

……結構やること多いな。

忙しくなるぞと各々思いを馳せながら、三人は庭園の片隅で計画を練るのだった。

いつもの曜日にいつもの時間。

毎週恒例、王立図書館の専門書コーナーへと足を運ぶと、中央付近にイグナス、そして隅の方によく見かける外套の男性が座っている。

気付いたイグナスが手招きするので、ミリエッタは侍女をその場に待機させ、彼の正面席へと移動した。

「今日もお仕事ですか？」

「うん、先日の案が採用されて試行運用出来る事になった。海上輸送のため航路日数が長いから、鉱石のまま輸入し、国内で製造する事になりそうだ」

ミリエッタが問いかけると、丁寧に現在の進捗状況を説明してくれる。

来月早々プロトタイプが完成するとのことで、ミリエッタもワクワクしながら話に興じていると、イグナスの手元にある大量の書類が気になった。

「そちらは何の書類か、伺っても宜しいですか？」

遠慮がちに問いかけると、問題ないとイグナスは頷く。

最初に図書館で会った時は不機嫌そうな様子が垣間見られたが、少しは仲良くなれたのだろうか、今日はとても友好的である。

もしかしたらミリエッタ同様、人見知りの類なのかもしれないと思いながら書類に目を通すと、プロトタイプ作成のための作業工程や留意事項、産地や保管方法だけでなくコスト計算に至るまで、膨大な資料を纏めていた。

「これは大変ですね」

「ああ、分かる？　そうなんだよ、ああ見えてキールは完璧主義な所があるから、生半可なものを提出すると、赤字だらけで返されてしまう。結局やり直しをさせられる羽目になるから、いつも意地になって完璧な資料を作ってしまう」

イグナスが苦笑しながら数枚の資料をミリエッタに手渡した。

「もし手が空いていたら、作業工程の記載部分を手伝ってもらってもいい？」

「勿論です。作業工程なら頭に入っていますので、是非叩き台にしてください」

二つ返事で承諾し、専門書を広げミリエッタは黙々と資料を作り始める。

一枚、また一枚と驚くべき速さで資料が出来上がって行く様子にイグナスは驚き、目を瞠った。

「え……？　速すぎない？」

完成したものを手に取り確認してみると、そのまま使えそうな程に完成度が高い。

すごい、と思わずイグナスが呟くと、ミリエッタは嬉しそうに頬を緩めた。

「まぁ、ありがとうございます！　でも私なんて……お兄様には到底及びません」

謙遜しながら作業するその手元を覗くと、驚異的なスピードで正確に書き込んでいる。

天才と名高い宰相補佐、アレクと比較する事自体がナンセンスなのだが、比較出来る対象を他に知らないため、どうしても自分が劣っているように見えてしまうのだろう。

おいおいと驚愕の眼差しを向け、イグナスはその能力の高さに脱帽する。

「君は自分の事を、何も分かっていないな」

溜息を吐いて、ふとミリエッタの頬に貼り付いた髪の束に気付き、イグナスは指を差し込みそっと掬い上げた。

滑らかな手触りと、熟した果実のように甘そうな薄桃色の髪。

艶めく絹糸のような髪に触れ、引き寄せられるように無意識に唇を寄せ……ハッと我に返り慌てて手を離すと、指から零れるようにさらりと落ちる。

ミリエッタの反応が気になり慌てて視線を向けると、作業に没頭するあまり全く気付いていないようであった。

安心すると同時に男として意識されていないようで悔しく、情けない気持ちで苦笑していると、隅にいた外套の男性が机に手を突き、ガタリと大きな音を立てて立ち上がった。

フードを目深く被ってもなお、こちらを凝視しているのが分かる。

「……ねぇ、ミ、リ、エッ、タ、あの男性は知り合い？」

作業を中断するように声を掛けると、ミリエッタはやっと気付いたのか顔を上げ、その男性に目を向けた。

「いいえ、いつも目深くフードを被っていらっしゃるので、どなたかは不明です」

ミリエッタの答えに、何か思うところがあったのか、イグナスは声を潜めてそっと耳打ちする。

「実はこのフロア、君が訪れる時はいつも人払いがされ、外部からは四大公爵家の人間しか入れないようになっているって、知ってる？」

思いもよらぬ言葉に、驚くミリエッタ。

それではあの方は、四大公爵家の方だったのですねと独り言ち、イグナスと共に目を向け――、ん？　よく見たらどこかで見た事があるようなシルエット？　と首を捻る。

「ミ、ミリエッ、ッタ、先日調査に行った件、誰かに護衛を頼んだ？」

「いえ、誰も」

「そう……」

急に呼び捨てになった理由が分からず、ミリエッタは首を傾げる。

目を眇め視線を送るイグナスに気付いたのか、外套の男性が落ち着きなく身体を動かし始めた。

「……ジェイド」

イグナスが呼びかけると、ビクッと肩を震わせる。

「ジェイド、何してるの？」

重ねてイグナスが畳み掛けると、外套の男性は観念したようにフードを取り払った。

「え？　ジェイド様⁉　こんなところで何をされているのですか⁉」

驚いたミリエッタが思わず叫び、ジェイドは目を伏せ俯く。

「調査の時の尾行もそうだけど、もう少し信用してあげたら？　素行が心配になるタイプの子じゃないでしょ？」

「尾行⁉」

驚いたミリエッタが顔を歪めると、ジェイドは慌てて立ち上がり、ミリエッタのもとへと駆けてきた。

「ご、ごめん、監視(かんし)していた訳じゃなくて、これにはちゃんとした理由があって」

「……」

「ちゃんと説明する。説明するから！」

必死で弁解するジェイドから目を逸らし、ミリエッタは静かに席を立つ。

「申し訳ありません、今日はもう帰ります」

そう言うなり侍女を連れ、逃げるように立ち去ろうとしたミリエッタの腕を掴み、ジェイドは必死な顔で縋(すが)りついた。

「少しだけ、……少しだけでいい。時間をくれないか？　きちんと説明するから」

泣きそうな顔で懇願(こんがん)するジェイドを振り払う事が出来ず、しばし迷った後、ミリエッタは小さく頷いたのであった。

図書館に併設された公園のベンチに、ミリエッタの服が汚（よご）れないようジェイドが自分の上着を敷（し）いてくれる。

必要ないと遠慮をする元気もなく、促されるままミリエッタはその上へと腰掛（こしか）けた。

「何から話せばいいかな……本当に監視するつもりはなくて」

何かを考え込むように、そのまま黙りこくってしまったジェイドに、ミリエッタは静かに問いかけた。

「図書館だけでなく、もしかしてこれまでも私を尾行されていたのですか？」

「その、言い訳になるんだけど、ミリエッタを傷つける者がいないか心配だったんだ」

普段の様子からは想像も出来ない程に落ち込み、段々と声が小さくなっていく。

「心配を掛けないよう手紙に書いたり、直接お伝えしていたはずなのに。自信を持てと励（はげ）ましてくださり、頑張れと仰ったからこそ、私は前を向こうと思えたのです。それなのに、ジェイド様の期待に応えたいと思う私の気持ちを、信じてくださらなかったのですか？」

「そうじゃない。自信が付いてきたとはいえ、まだまだ心配で、何かあったら手助け出来ないかと」

「私はジェイド様に助けてもらわないと、一人では何も出来ないような子どもではありません。私の事を信じて、真摯に向き合ってくださる方だと思っていたのに……婚約の申し込みだって、本当は揶揄っていたんじゃないですか⁉　本当に好きなら、尾行して監視するなんて、しないはずです！」

こんな事を言いたい訳じゃないのに、感情のままに言葉が出てしまう。

「違う、だからそうじゃない」

「何が違うんですか？　自信のない私が、みっともなくて嫌になりましたか⁉　頑張るとお伝えしたのに、結局なに一つ、信じてくれなかった……‼」

今更になって自信を持てと言われても、正直どうしたらいいか分からなかったし、上手くやれないのではと不安で堪らなかった。

それでも、ジェイドが信じてくれるならと、その想いを支えに頑張ったのに――。

「そうじゃないんだ」

「……もう、いいです」

なおも重ねようとするジェイドの言葉を聞かず、宝物だったはずのペンダントを投げ捨てようと握り締めたその手を、ジェイドが摑んだ。

「離してください」

「……嫌だ」

「離してください！　もう、こんなもの必要ありません!!」

悲しくて情けなくて、その手をパシリと振り払う。

「違うんだ……自信がないのは、本当は俺のほうだ」

ジェイドは払われた自分の手の平を見つめ、消え入りそうな声でポツリと零す。

「あんなに自信を持てと言っておきながら、俺こそが不安で堪らなかった。君に見合う男になれたのか、いつかいなくなるんじゃないか、現に君の周りには、俺なんかよりも優れた男が沢山いる」

その言葉に、ミリエッタは驚きで目を瞠った。

「君の事が好きだから、よく思われたいし好きになって欲しい。でもそれはきっと、俺以外の男達も同じだから、だから余計に頑張らなきゃと思うし、でも結局心配になってしまう。図書館に行ったのは君に会いたい一心だったけど、調査で後を付けたのは不安だったたからだ」

ジェイドがそんな気持ちでいたなんて、思いもよらなかった。

あんなに自信に満ち溢れた彼が、不安になるなんて。

「すまなかった」

言葉を尽くして真剣に向き合おうとしてくれる一方で、もし不安になったが故の行動だとしたら、それは婚約の返事を先延ばしにしているミリエッタにも責任がある。

　これだけ誠実に伝えてくれているのに、相手に対して中途半端な事をしている自分が情けなく、申し訳ない思いでいっぱいになる。

「……私こそ、申し訳ありませんでした」

　肩を落として項垂れるジェイドに、そっと告げる。

「婚約の件も、お待たせして申し訳ありません。両親とも相談し、近いうちに改めてお返事致します」


　十九歳になったらゴードン伯爵の選んだ男だけが、婚約者として彼女の隣に立つことを許される。

　だがそうなる前に、ミリエッタ自身の意思で自分を選んで欲しい。

　君に、選ばれたいんだ。

　ぎゅっと目を瞑ると、ジェイドは項垂れたまま、ミリエッタに聞こえないよう小さく小さく呟いた——。

6 四大公爵家からの婚約申し込み

「ミリエッタ、こちらへ」

父に呼ばれ執務室に入るや否や、同席していた母から三通の封書を手渡された。

「……これは？」

何の気なしに裏返すと、一通目の封蝋に、デズモンド公爵家の家紋が押されている。

「デズモンド公爵家から、貴女との婚約について打診がありました」

「デズモンド公爵家!?　なんでまた!?」

ミリエッタは震える手で他二通の封書を裏返す。

オラロフ公爵家とラーゲル公爵家……恐る恐る父を見遣ると、溜息を吐いて言葉を発した。

「トゥーリオ公爵家に加え、四大公爵家の残り三家からも同様に婚約の申し出があった」

まさかの事態に気を失いそうになるが、「ミリエッタ、しっかり！」と母からの声援を受け、何とか踏みとどまる。

「四大公爵家、どの家からの申し出を受けるにしても、少し時間を置いて一度ゆっくり考えてみなさい。ちょうど一ヶ月後にお前の誕生日だ。その直前に返事をすれば角も立たないだろう」

あんなに誠実に伝えてくれたのに、それではジェイド様にお返事が出来ないではないかと唇を噛み締めるが、これぱっかりはどうしようもない。

あと一ヶ月近くもお待たせするなんて……。

情けなくて申し訳なくて、爪が皮膚に食い込むほど強く拳を握り締め、ミリエッタは執務室を後にしたのである。

非番日定例となった週次訪問で、客室に案内されたジェイドを前に、ミリエッタは緊張した面持ちでソファーに腰掛けた。

「あの、ジェイド様、実は謝らなければいけない事があります。先日の、あの、お申し出いただいた婚約の件なのですが」

着いて早々ミリエッタから本題を振られ、ジェイドはビクリと身体を強張らせる。

断られると思ったのだろうか、眉間に皺を寄せ膝の上で拳を握り締めた。

「実は昨日、四大公爵家の他三家からも正式に婚約の申し出を受けました」

ジェイドの指に力が入り、ゴクリと唾を飲み込んだ。

「本来であれば早々にトゥーリオ公爵家へ回答をすべきところ、諸般の事情により一ヶ月、お待ちいただきたく存じます。本当に申し訳ございません」

ミリエッタが頭を下げると、ジェイドは少しだけほっとした様子で肩の力を抜いた。

「いや、そちらにも事情があるのだろうから仕方ない。あと一ヶ月、のんびりと待つよ」

優しく微笑み、だが考え込むように押し黙る。

「……あの三人だと、誰が一番話しやすいと思う？」

のんびり待つと言ったくせに、他の令息との関係性がどうしても気になるのか、すぐさま探りを入れて来る。

待たせる事になってしまったのは自分のせいだが、こうもあからさまに問われると分かり易いというか、なんというか――。

「……ジェイド様です」

「ん？」

「ですから、一番心を許してお話し出来るのは、ジェイド様です」

このくらいは父に許してもらえるだろうと、ほんのり頬を染めながら勇気を出して伝えると、ジェイドはテーブルに手を突き前のめりに腰を浮かせた。

「よく聞き取れなかったから、もう一度。もう一度聞かせて欲しい」

ぐいぐいと迫(せま)り来るジェイドにミリエッタは呆(あき)れてしまう。

「そうか、俺か」

「……しっかり聞こえているではありませんか」

先程(さきほど)とは一転、余程(よほど)嬉(うれ)しかったのか今度はご機嫌(きげん)になり、「そういえば一ヶ月後は誕生日か……急いで準備を始めなくては」と何やら考えを巡(めぐ)らせている。

「ミリエッタ。誕生日、何か欲(ほ)しい物はある？」

一ヶ月待って欲しいとの言葉に、ミリエッタの誕生日を思い出したらしい。

「特にありません」

「そうか、それならば……よし、決めた。では図書館にしよう」

「何のお話ですか？」

返事を全く聞かず、「うん、それがいい」と訳の分からない事を言い出したジェイドに、ミリエッタは大慌(おおあわ)てで問いかける。

「だから誕生日プレゼントだよ。ミリエッタが興味のある本を大陸中から取り寄せよう」

「はいぃっ⁉」

突然(とつぜん)のことに意味が分からず、呆然(ぼうぜん)とするミリエッタを目の端(はし)に留(と)め、良(よ)い事を思いついたとばかりに微笑むジェイド。

「目を楽しませるための庭園も作ろう。あとは読書に疲(つか)れたミリエッタが休めるよう、休憩室を兼ねて温室も必要だな」

「おっ、温室ゥ!?」

「公爵家の蔵書も持って行かなくては。外国から取り寄せた珍しい本も沢山ある。あ、でも待てよ、そうすると俺も調べ物をする際に、その図書館に行く必要があるな」

冗談かと思いきや、ジェイドは真剣に考え込んでいる。

「大きめのソファーならゆったりと並んで座れるが、本を読み疲れて寝てしまうと風邪をひく。……か、かか、仮眠室も作ったほうがいいんじゃないかな」

「かっ、仮眠室っ!?」

恥ずかし気に口籠もりつつ目を輝かせ、ジェイドはなおも続ける。

「図書館に仮眠室があるなら、そこから通ってもいいなあ。本を読む君も絶対に可愛いから、ずっと見ていたい」

「あああありがとうございます」

お誕生日プレゼントに庭園と温室、そして仮眠室付きの図書館とか……冗談よね？

だが先日の調査の際、それ一つで王都に家が買えるような装飾品を、思う存分強請れと言っていたルークの姿が頭を過る。

「ときにミリエッタ。候補地が今二つあるのだけれど、選んでくれないか？　詳しい資料は後で送ろう」

「まぁ！　こ、候補地だなんて……ふふ、ジェイド様は冗談がとてもお上手ですね？」

冗談であって欲しいと一縷の望みを託し返すと、「ん？　何の冗談？」とジェイドは不思議そうに首を傾げた。

まずい、これは本気だ！　本気でやりそうだ！

ミリエッタの背中を、どっと冷や汗が伝う。

「来月か……これは忙しくなるな」

ウキウキし始めたジェイドを見て、まずいまずいと本気で焦り出すミリエッタ。

「お待ちください！　そ、そんなものいただけませんし、いりません！」

「え、どうして？　ああ、お金の事なら心配しなくていい。どうせ稼いでも使い途が無いんだ」

「ちちち、ちがっ、違うんです！　そういう問題じゃ」

「君だけの図書館だ。これで王立図書館に行く必要が無くなるな……つまりはイグナスにも会わなくて済む。まぁ俺はミリエッタに会いに行けるけど」

途中から拾えないくらいの小声で呟き、我ながら名案だと得意げな顔をしている。

「い、いりません！　王立図書館がいい！　むしろ王立図書館に行かせてください！」

「そう？　遠慮しなくてもいいのに。それにほら、王都に建てれば俺が宿代わりに使えるし、目が覚めたらミリエッタがいるなんて夢のようだ」

仮眠室も増設するから完璧だと頷くジェイド。

どどどどうする⁉

どうやってこの場を思い留まらせる⁉

仮眠室まで作って仮宿代わりにされた日には、貞操の危機すら感じる。

「あ、そうだ！　そういえばトゥーリオ公爵家別邸の湖がとても美しいと伺った事があります！　お誕生日プレゼントに是非ご招待いただけますか？」

何とか回避しようと思いついた会心の策だったが、そんなのいつだって招待するのにとジェイドは不満げな顔をする。

「いえいえ、栄えあるトゥーリオ公爵家の別邸にご招待いただくなど、身に余る光栄です！　やはり特別な日でなくては！」

「そ、そう？」

よし、一歩引いた！　こうなればもう力押し！　とミリエッタは必死で言葉を被せる。

「それでは楽しみにしていますね！　手漕ぎボートもあると伺いました。私、男性と二人きりで乗った事がないので、是非ジェイド様と経験してみたいです」

「え、初めて……？」

嬉しそうに相好を崩し、それならと了承するジェイド。

やった！　なんとか乗り切ったぁぁ！

誕生日プレゼントの図書館建設計画を阻止し、冷や汗びっしょりのミリエッタ。

言うべき事は遠慮せず、ちゃんと言わないと駄目だと段々分かって来た。

自分がしっかりしないと、ジェイドはどこまでも暴走してしまう気がする。

決意を新たに、また一つ強くなるミリエッタだった。

騎士達が剣を振るう度、見学の御令嬢達から歓声が上がる。

不定期で開催される、騎士団の公開演習場に行ってみないかとティナに誘われ、ステラとミリエッタの三人で訓練の様子を楽しんでいた。

「あ、ミリエッタ様、あちらをご覧ください！」

ステラが指さす方へと視線を向けると、ジェイドが年上の騎士と手合わせをしている。

ミリエッタ達に気付いたジェイドがペコリと一礼すると、例に漏れず黄色い悲鳴があがり、何やらモヤッと黒い気持ちが心を過った。

「ミリエッタ！　来てたのか‼」

複雑な気持ちで眺めていると、まさかヤキモチを焼いているなどとは思いもよらないのか、にこにこと屈託のない笑顔でジェイドがミリエッタの名前を呼び、駆け寄ってきた。

皆がミリエッタを振り返り、嬉しいが注目を浴びるのが恥ずかしく、思わず柵に手をかけたまましゃがみ込む。

「もう少しで終わるから、時間はある？　送るから一緒に帰ろう」

目線を合わせるように膝を折り、しゃがむミリエッタの顔を覗き込みながら嬉しそうに誘ってくれる。

ティナに言われるがまま、本日は町娘のような軽装のワンピースで来たのだが、ジェイドは目を輝かせて、可愛い可愛いと褒めてくれた。

「……ジェイド様も、とても素敵です」

絞り出すような声で褒め返すと、柵を摑むミリエッタの手にそっと触れ、「ありがとう」と礼を言い、ジェイドは照れ臭そうに視線を逸らす。

頰を赤らめてもじもじと褒め合う二人に見ているほうが恥ずかしくなり、視線を逸らすティナとステラ。

ミリエッタを初めて見る下級貴族や平民出身の騎士も多く、二人の周りにはあっという間に人だかりが出来てしまった。

「おい、お前ら見るなよ！」

騎士達がミリエッタに見惚れている事に気付き、ムッとしたジェイドがそれを妨害し、喧嘩が始まる。

どうしようかと慌てていると、見学の令嬢達から一際大きな歓声が上がった。

逞しい身体に、軸がぶれない体幹の強さとバランス良く付いたしなやかな筋肉。

野生の獣を思わせるその様相は、遠目にも一目見ただけで名のある騎士だと分かる。

瞳は炎のように深紅に燃え、ジェイドと同様日に焼けた褐色の肌に、瞳と同じく深紅の髪がふわりとかかる……デズモンド公爵の嫡男、ルーク・デズモンドである。

寡黙ではあるが、厳めしい見た目にそぐわぬ柔らかな物腰と、溢れる包容力が堪らないと、令嬢達のみならず既婚女性にもファンが多い。

「お前ら集中しろ！」

喧嘩をするジェイド達のもとへと歩み寄ると、それぞれに拳骨を食らわし、持ち場に帰れとでも言うようにひらひらと手を振った。

「ジェイド、お前はこっちだ」

首根っこを摑まれ、奥へ引っ込むよう指示を出す。

「ミリエッタが来たら、どうせ集中なんて出来やしないだろう？　今日はもういいから、帰る準備でもして来い」

「ありがとうございます‼」

騎士団長の配慮に、喜び勇んで帰り支度を始めるジェイド。

奥でやれと怒られて、そそくさと騎士宿舎の方へ引っ込んでいく。

「ティナ、どうする？　少し早いが始めるか？」

他国に倣った女性騎士の登用について、議論が紛糾している昨今。

実際に使い物になるか、まずは幼い頃からデズモンド公爵家で鍛え上げられたティナの実力を見てみたいと騎士団の上層部から声が上がり、今回の公開演習中に現役騎士と手合わせをする予定であった。

緊張した面持ちでティナが頷くと、少し離れた所に控えていたデズモンド家の侍女達にルークが指示を出す。

ジェイドがいなくなり、ティナとルークが離れたその隙をついて、ミリエッタのもとへ二、三人の騎士が来て馴れ馴れしく声を掛けてきた。

「噂には聞いていましたが、お人形のような可愛らしさですね」

まとわりつくような目つきに、警戒するミリエッタ。

「ジェイドなんかには勿体ない。公爵家のコネだけで入団したような男です」

努力をして自分の力で叙任されたジェイドを小馬鹿にし、どっと笑いが起こる。

そんなことはない、努力して得た結果だと言い返したいのに、喉元まで出かかっておきながら声が出ず、唇を噛み締めて俯いたミリエッタのもとへルークが駆けて来た。

「何を騒いでいる！　持ち場へ戻れ!!」

ルークに一喝され、ジェイドを中傷していた騎士達は逃げるように去って行く。

「ミリエッタ様、大丈夫ですか？」

　心配したティナがミリエッタを覗き込むが、ジェイドを馬鹿にされ、悔しくて震えるばかりである。

「ジェイド様が……、ジェイド様が公爵家のコネだけで入団したと馬鹿にされたのに、何も言い返す事が出来ませんでした」

　何事も無かったかのように平然と稽古に戻った先程の騎士達。

　いつも穏やかなミリエッタが悔しそうにする様子に驚き、ティナはふと思いついたようにルークへ耳打ちした。

「以前手合わせをしたことがあるのですが、ミリエッタ様の剣はゴードン伯爵仕込み。私など足元にも及びません。女性騎士登用のための模擬戦で実力を測るのであれば、私よりミリエッタ様のほうが適任では？」

　ティナが小声で提案すると、ルークは考えるように腕組みをした。

「ミリエッタ、今から女性騎士登用のための模擬戦があるんだが、上層部を納得させるためにも出来るだけ腕の立つ者で検証がしたい。手合わせでティナに勝ったと聞いたが、どうだ？　先程の騎士と、一戦交える気概はあるか？」

　悔しければ自らの腕で以てその恥辱を晴らせと、騎士ならではの理論を突き付ける。

「ティナと互角以上に打ち合えるのであれば、勝てる可能性はある」

遊び半分だが、過去五回手合わせをし、ティナはミリエッタに手も足も出なかった。

それならば自分にも出来るかもしれない。

ジェイドの努力を踏みにじったことが許せず、自信はないが出来るところまでやってみようと、ミリエッタは頷いた。

「ではティナと交代だ。少し大きいが、ティナの稽古着がそのまま使えるだろう」

今まで誰かと喧嘩をしたことも、やり返そうと思ったことも無かったというのに。

面白そうに目を輝かせるルークに、「お願いします」とミリエッタは決意の籠もった声で伝えたのである。


公開演習場から少し離れた場所にある騎士団の稽古場は整然としており、高い天井のせいか音が豊かに響く。

数十人が楽に剣を振れるほど広く、ミリエッタが足を踏み入れると、コォンと硬質な音が場内に反響した。

非公開のため関係者以外は入らないよう事前に通達を出しており、騎士団の上層部が居並ぶ中、ミリエッタは緊張のあまり湿った手の平をそっと服の裾で拭いた。

「ティナが稽古用に使っていた木剣だ。軽くて細いから、女性の手に馴染むだろう」

ルークは掌の上で木剣をくるりと回し、「持ってみろ」とミリエッタに手渡す。

長さを見ているのだろうか、一歩下がって全体を眺めた後、うん丁度良いなと呟き見学者達へと向き直った。

「彼女の実力はゴードン伯爵の折り紙付き。当家の愚女も敵いません。このため、本件は妹のティナ・デズモンドではなく、ミリエッタ・ゴードンにて検証させていただきます」

ゴードン伯爵仕込みと聞き、ざわつく見学者達。

対する騎士……先程ジェイドを小馬鹿にした騎士の一人は、女に何が出来るとでも言いたげな眼差しをミリエッタに向け、同じ長さの木剣を手に取ると、怪我をさせないため緩衝材代わりにぐるぐると布を巻いた。

ミリエッタは右手で木剣を構え、それでは早速と軽く打ち合い、身体を慣らす。

「お互いの準備が整い次第開始するが、どうだ？」

余裕の表情で騎士が頷き、ミリエッタもまた頷いた。

ティナとステラが心配そうに見守る中、帰り支度を終えたジェイドが何事かと心配し、閉ざされた稽古場へとそっと滑り込む。

稽古着で何故か剣を構えたミリエッタが目に飛び込み、驚きのあまり棒立ちになった。

「では……始め！」

ルークの掛け声を合図に、ミリエッタは持っていた剣をポンと軽く宙に投げ、右手から左手に持ち替えた。

「ん？」

先程の打ち合いを見ていたため、てっきり右利きだとばかり思っていたのだが、突然のスイッチに見学者達が目を瞬かせ、その戦いを凝視する。

とん、と軽く跳ねると、次の瞬間ミリエッタは相対する騎士の懐へ飛び込んだ。

「……⁉」

距離を取ろうと慌てて一歩下がった騎士のもとへ、もう一歩踏み込み、一瞬身を屈めたかと思うと勢いよく剣を繰り出す。

木剣を顎先へと突き出し、避けようと上向いた騎士の顎スレスレを、ヒュッと風切り音を立てミリエッタの剣先が掠めていく。

「……ッ⁉」

思わず騎士はミリエッタ相手であることを忘れ、反射的に腕を伸ばし顎先を掠めたその剣を、素手で弾いた。

ミリエッタは剣の軌道を目で追いながら、騎士に息を吐く暇を与えず、今度は身一つで距離を詰める。

嫌な予感がしたのか、これはまずいと騎士がさらに大きく一歩後退り距離を取ったのも束の間、跳躍しその足元へ身を屈ませると、弧を描くようにして騎士の軸足を払った。

「ちょ、ちょっと待て‼」

騎士がよろめく体勢を整えようとしたところで、先程空中に弾かれた剣を右手でキャッチし、手の平で転がすように構え直したミリエッタ。

ゆっくりとその首元へ、木剣を当てがった。

「……一本ですか?」

目を輝かせて見入るルークと、静まり返る見学者達。

絶句する騎士に淑女の微笑みを向けながら、はぁはぁと息を切らし、ミリエッタは光る汗を袖で拭ったのである。

五年前、ゴードン伯爵が賜った領地は、毎日のように凶悪犯罪が多発し、成人男性であっても日没後の独り歩きを避けるほど治安が悪かった。

前領主の時は邸宅まで暴徒が押し寄せたため、自分の身を守れるようにと、ゴードン伯爵自ら子ども達に最低限の護身術を叩きこむ。

「今は貧民街もすべて解散し、領民の生活レベルが格段に上がったため、犯罪らしい犯罪はほとんど起きなくなりましたが」

日々の飢えを凌ぐための配給所、前科者の救済措置を兼ねた職業訓練、平民でも利用可能な医療機関の設置に雇用の確保、年齢や性別を問わない開かれた教育制度に、低所得者への扶助制度……打ち出した施策は種々様々で、挙げれば枚挙に暇がない。

「ああ見えて父は剣術には多少覚えがあるようで、昔王立学園生だった時、騎士科の親善試合に出場したこともあると聞いています」

「……なるほど」

先程のミリエッタの剣筋を見て、ジェイドはミリエッタに手合せを頼んだ。

見学者達が見守る中、軽く打ち合いながらジェイドは小さく溜息を吐いた。

――今もなお騎士科内で語り継がれている、騎士団との親善試合。

毎年貴賓を招いて開催されるこの親善試合は、騎士団への入団テストも兼ねており、ここで実力を見せれば卒業後の進路が決まるため、騎士科の生徒達が最も力を入れて臨むイベントの一つである。

五人一組の勝抜き戦で実施される決勝戦直前、階段から落ちて骨折した生徒の代わりを探していたところ偶々通りかかった行政科のジョセフ・ゴードンに白羽の矢が立った。

単なる人数合わせだから負けても差し支えないと言われ、それならと先鋒で出場したのはいいが、あれよあれよという間に騎士達を下していく。

静まり返る場内で、気付けば大将戦……当時まだ新人だった現デズモンド公、バイス・デズモンドに辛勝し、会場が騒然となった話はもはや伝説である。

「確かに、最低限の動きは出来ている」

先程から半刻程、休憩を入れつつ打ち合っているのだが、かなりの運動量をものともしないミリエッタは、息を弾ませながらも現役の近衛騎士であるジェイドの動きに難無くついてくる。

女性騎士など不要では、と侮っていた騎士団の上層部も、その動きに感嘆の息を漏らし、再度検討が必要だと囁き合った。

ジェイドはしばらく無言でその動きを観察していたが、華奢な身体にそぐわず、ぶれない体軸で型どおりに模していく姿にふと手を止める。

持っていた自分の木剣を脇に挟み大股で一歩近付くと、あっという間に距離を縮め、ミリエッタが驚いている間に大きな手でその腕をガシリと掴んだ。

「!?」

そのまま筋肉の付き具合を確認するように指を押し込んだ後、手を上に滑らせ、上腕から肩にかけて親指で柔らかく擦るように触れていく。

「うーん、違うな」

ブツブツ呟きながら、今度は背中の筋肉を包み込むように手を当てる。

「ちょ、ちょっと、ジェイド様！　一体なにを……ッ！」

容赦なく触れてくる手に耐え切れず、火が吹きそうな程に顔を赤くして、ミリエッタはジェイドの胸を力いっぱい両手で押した。

「……ん？　うわぁっ！」

無心で触っていたのがミリエッタであることを、やっと思い出したのだろうか。

突然叫び、距離を取ると両手を挙げて、無実を主張し始めた。

「いや、違うんだミリエッタ。これはその、邪な気持ちで触れたわけではなく、見た目にそぐわず軸がぶれないので、筋肉の付き具合を確認しようと……」

どんどん声が小さくなっていく。

呆れ交じりのルークと目が合い、ミリエッタは余計に恥ずかしくなった。

「よし、もういいだろう。女性であっても充分戦える事は分かった。一旦解散とし、女性騎士の必要性に関しては後日再検討を行うものとする」

わたわたと慌てだす二人にルークが声をかける。

頑張ったな、とのお褒めの言葉と共に柔らかく微笑み、ルークがポンとミリエッタの頭を撫でると、ジェイドが驚いたように二人を見遣る。

ミリエッタがホッとしながら後方に目を向けると、ティナとステラが良くやったと言わんばかりに微笑んでいた。


帰りの馬車で、どうしても二人きりになりたいとジェイドが押し通し、向かい合わせに座りながら帰路につく。

「ゴードン伯爵にお願いして護衛騎士を増やしてもらったはずだが、今日は随分と少ないのでは？」

「ステラ様やティナ様と一緒に来ましたので、行きはデズモンド公爵邸の護衛が随行してくれたのです」

それで人数が少ないわけだと納得し、ジェイドはホッと息を吐いた。

「護衛騎士を増やすよう、父にお願いしてくださったのですか？　私の身を案じてくださりありがとうございます」

礼を述べるミリエッタに小さく頷くと、何故かそのまま口を閉ざし、ジェイドは無言で窓の外へと目を向ける。

饒舌な彼にしては珍しいその姿に、何か気に障る事でもあったのだろうかと少し不安になっていると、ジェイドは立ち上がりミリエッタの隣に移動した。

後方に寄った重さに、ギシリと馬車が傾き揺れる。

「俺のために模擬戦へ参加したと、ルークに聞いた」

思わずよろめいたミリエッタを腕の中に閉じ込めるようにして、ジェイドは座部へと斜めに手を突くと、小さな手にもう片方の手をそっと重ねた。

「穏やかで優しいミリエッタが俺のために怒ってくれたと聞き、泣きそうな程嬉しかった」

ミリエッタを見つめる瞳が、優しく揺れる。

その瞳を見ていたら、何故だか堪らなく愛おしくなり、ミリエッタはジェイドの節くれだった無骨な指をきゅっと握る。すると、彼は驚いたように目を瞬かせた。

ジェイドはこんなにも不甲斐ない自分を、いつだって奮い立たせてくれる。

どうしてもっと早く、気付かなかったのだろう。

こんなにも、好きになっていたのに。

「でも、もう危ない真似はしないで欲しい」

諭すような柔らかい眼差しをミリエッタに送り、ジェイドはふっと笑みを零した。

それから少し迷うように目を瞬かせた後、絡み合ったその手を自分の口元に寄せる。

「ルークが、ミリエッタの事を優しい目で見ていた」

あの不愛想な男が柔らかい眼差しを向け、頭を撫で、ミリエッタと談笑していた。

「ミリエッタ……、お願いだから、俺以外の男に微笑まないで」

指先に優しく口付けされ、驚きのあまりミリエッタは身動きが取れなくなってしまう。

真っ直ぐな視線を向けられたまま、二度、三度と絡ませた指先に唇を落とし、ジェイドは泣きそうに顔を歪めた。

「俺以外の男に、触れさせないで」

ミリエッタが自分の前からいなくなるとでも思ったのだろうか、不安気に揺れる眼差しが刺すように彼女を貫き、捉えて離さない。

「欲しいのは、君だけだ――他の男が触れるのは許さない」

絡まる手を持ち上げ、手首の内側にゆっくり口付けすると、その壮絶な色気に中てられ、ミリエッタの意識が遠のいていく。

「え!?　ミリエッタ!?」

ふぅっと目の前が暗転し、慌てるジェイドの声を微かに感じながら、ミリエッタは馬車の中でパタリと意識を失ったのであった――。

オラロフ公爵家ご自慢の庭園で、ガーデンパーティーが催される。

招待客を要職者と高位貴族に絞ったため、多少こぢんまりとはしているが、さすがは国内随一の大富豪として知られるオラロフ公爵家。

それぞれの長テーブルには稀少な茶葉を特別にブレンドした種々の紅茶に加え、彼らが営むドラグム商会で扱う特産品や、果物を用いたティーフーズが所狭しと並べられ、見る者の目を楽しませる。

オラロフ公爵家がゲストをもてなす立食形式のビュッフェスタイルは、気軽に楽しめるよう様々な工夫が凝らされており、ゲストはその素晴らしさを口々に褒め讃えていた。

本日は王太子もゲストとして参加しているため、ジェイドは護衛任務で会場内に隙無く目を配っている。

「ミリエッタ嬢、そっと右の壁際に立っているジェイドを見て御覧」

兄アレクのエスコートで会場へと足を運んだミリエッタは、ステラとキール、そしてイグナスと談笑をしていたのだが、キールの言葉に視線を動かし、ピシリと動きを止めた。

何やら殺気を感じ、チラリと横目で確認したステラとイグナスもまた顔を強張らせる。

「え、なにあれ？　ミリエッタ様、何か心当たりはございますか？」

何やら陰鬱な表情でジェイドがこちらを見ている。

そういえば他の男に微笑むなと言われたな、と思い出すミリエッタだったが、どう考えても無理な要求である。

イグナスが内緒話をするようにミリエッタの耳元へと口を寄せ、「大丈夫？」と心配してくれたが、こればかりは仕方がない。

見なかった事にしてそのまま歓談していると、遅れてルークとティナが到着した。

「ああ、ぶつかる。……気を付けろ」

後ろを歩いていた女性とぶつかりそうになり、ルークがすかさずミリエッタの腰に手を回し引き寄せると、今にも走ってきそうに身体をこちらに向け、ギリギリと歯軋りの音まで聞こえてきそうなジェイドと再び目が合った。

「なんだアイツは、全然任務に集中していないじゃないか」

チラチラと視線を送るジェイドを見咎め、怒ったように呟くルーク。

自分以外の男に触らせるなとも言われたが、さすがに今のは不可抗力である。

なかなか難しい要求をされてしまった、とミリエッタが考えていると、ジェイドの近くに二人の令嬢が歩み寄った。

何やら可愛らしい令嬢達に話し掛けられ、強引にハンカチを渡されそうになっている。

「え、受け取った？　……どういう風の吹き回しだ？」

今まですげなく追い返すことが多かったが、ついに押し負けたのか困ったような顔でハンカチを受け取ったジェイドに、キールが驚いて声を上げた。

驚きに目を見開くミリエッタの胸の内に黒いモヤが渦巻き、思わず唇を噛み締める。

イグナスが心配そうに見守る中、ミリエッタを落ち着かせるようにルークがその頭を撫でた。

あ、まずい――。

一度ならず二度までもルークに触れられ、ミリエッタが再度視線を向けると青褪め、虚ろな視線を向けるジェイドと目が合う。

「……もし、誤解があるなら、早めに話したほうがいい」

キールに諭され、ミリエッタは「分かっています」と囁くように声を落とした。

交友関係が広がり、笑顔の増えていくミリエッタ。

綺麗になっていく彼女に置いて行かれそうな不安を常に抱えながら、婚約の返事をもらう事も出来ず、どんどん時間だけが過ぎていく。

雑談に興じ、嬉しそうに笑顔を返すその様子に、胸がぎゅっと締め付けられた。

あの気難し屋のイグナスがミリエッタの耳元に口を寄せ、仲良く内緒話をするように、二人で身を寄せ合っている。

普段あまり女性に近付こうとしないルークまでやって来て、見た事も無いような柔らかい表情でミリエッタを見つめている。

そもそも自分は四大公爵家の令息とはいえ、他の三名に比べ突出して秀でた物は何もない。

イグナスのように頭が良い訳でも、キールみたいに言葉巧みに交渉が出来る訳でもない。

ルークに至っては自他共に認める王国最強の騎士であり、同じ『騎士』といえど、勝負にすらならない。

その時、ミリエッタが女性とぶつかりそうになり、任務中にも拘わらず助けに走り出しそうになるが、ルークがすかさず腰に手を回し自分の方へと引き寄せるのが見えた。

いつの間にあんなに仲良くなったんだと、どす黒い感情がもやもやと心の中に芽生え、護衛任務を忘れてミリエッタを連れ去りたい気持ちでいっぱいになっていると、遠慮がちに近付いてきた二人の御令嬢に話し掛けられる。

強引にハンカチを渡されそうになり固辞していたのだが、あまりにしつこいので早々に受け取ったほうが面倒がないと、嫌々ながら受け取った。

参ったなと溜息を吐きながら顔を上げると、驚きに目を見開いたミリエッタと、バチリと目が合う。

まずいと思いつつ、だが任務中なので話せずにいると、今度はミリエッタの頭を優しくルークが撫でた。

先程ハンカチを受け取った事など頭から消し飛びカッと血が上り、ジェイドの心臓が早鐘を打つ。

夜会の帰り道はゴードン伯爵にお願いし、充分な警護を付けてくれるようになったから、もう自分が守る必要も無い。

　婚約をする上で家を継ぐかどうかは重要なことだが、ジェイドは嫡男ではないし、かといってイグナスみたいにミリエッタの興味分野を広げられるような学識も無い。

　自分より優れ、彼女にとって有益な男達が皆ミリエッタを望み、婚約の申入れをする中、自分が彼女にとって価値のない無用な人間になってしまったのではと、泣き叫びたいくらい情けない気持ちに襲われる。

　自分の想いが嘘ではないと——君のおかげで変われたのだと、やっとの思いで伝えられたのに。

　他の男と楽しそうに話す姿を見る度、切なくて脳みそが焼き切れそうな程に熱くなる。

　何をしたら自分を好きになってくれるのか、もはや全く分からない。

　心の底から欲した人を失う恐怖に青褪め、ジェイドは呆然とミリエッタを見つめた。

　翌日、非番日でもないのに先触れがあり、ジェイドがゴードン伯爵邸に来訪する。

　少し外に出ないかとジェイドに誘われるがまま、ミリエッタは庭園のベンチに腰を掛けた。

「本日は、どのようなご用件でいらっしゃったのですか？」

　昨日の一件が頭から離れず、ぎこちなく問いかけるとジェイドは暗い顔で目を伏せる。

「うん。婚約の、返事を聞きに」

「？　その件は、誕生日までに答えを出すとお伝えしたはずでは？」

そして、待ってくださると仰ったはずです。

戸惑うように向けられたミリエッタの眼差しから、狼狽えるように目を逸らす。

「……ほらミリエッタは恥ずかしがり屋だから、少しくらい強引に話を進めたほうが良い気がして。俺の気持ちも伝わったし、結婚を考えるくらいには信頼してもらえたと思うんだけど、どうかな？」

この人は、突然何を言い出すのだろう。

あまりの事に驚いて言葉も出ないミリエッタへと、必死に言葉を投げかける。

「一生大切にするし、世界一幸せにする。……ああ、でも駄目だ。君と結婚したら、世界一幸せなのは俺になるから、じゃあ二番目に幸せにする」

これ以上ないくらいに目を見開いたミリエッタを瞳に映し、震える声で、ジェイドはぽつりと言った。

「……君は、首を縦に振るだけでいいんだ」

あまりに一方的な言い分に、ミリエッタは信じられない思いでジェイドを見つめる。

「一体、どうされたというのですか？　ジェイド様、しっかりなさってください」

「優しくしているだけでは、俺のものにならないのだろう？　他の男を選び、俺から逃げようとしているじゃないか」

「何故そのような事を⁉」

「何故？　何故だか本当に分からない⁉」

今にも泣き出しそうに、ジェイドはぐしゃりと顔を歪ませた。

いつもとまるで違うその様子に、ミリエッタはどうしたら良いか分からなくなる。

ミリエッタだって、早く返事をしたかったのだ。

けれど今はお伝え出来ないと正直に話し、承諾してくれたのではなかったか。

責められて、やはり信じて貰えないのかと悲しくて、思わずポロリと涙が零れ落ちる。

「待ってくださるとお約束したのに」

大粒の涙を零すミリエッタに驚き、ジェイドが狼狽えた。

「キール様のお店に伺ったのは、ジェイド様への御礼に、特別な物をお渡ししたかったからです」

悲しくて悔しくて、色々な感情が次から次に溢れて出て、泣き止みたいと思っても全然涙が止まらない。

「イグナス様と図書館でお話ししていたのは、お仕事をお手伝いしたからです」

もはやどうしたら良いか分からなくなり、溢れ出る涙をそのままに、ミリエッタは肩を震わせる。

「ルーク様との調査は、ステラ様とイグナス様も一緒でしたし……また公演練習での手合わせは、ジェイド様の努力を笑われて、とてもとても悔しかったからです」

ミリエッタを泣かせてしまった事に呆然とし、青褪めて固まるジェイドにミリエッタは言葉を投げつける。

「婚約のお申し出にお返事が出来ないのは、父に指示されやむを得ない事情があるからです。すべてお伝えしたはずなのに。全然……、私の事を、全然信じてくださらない」

誠心誠意、心を込めて正直に伝えたつもりが、ミリエッタを蚊帳の外に、まるで外堀を埋めるように強引に話を進めようとしたジェイドの態度が、悲しくて堪らない。

「勝手に決めつけて、思い通りにならなくなった途端に自分の欲望を押し付けるような人は嫌いです！　もう帰ってください！」

涙ながらに叫ぶミリエッタ。

肩を落とし、ジェイドが帰った後もずっと日が暮れるまで、ミリエッタは庭園で泣き続けていた。

毎週恒例、王立図書館で過ごす時間。

外套の男性……ジェイドは現れず、ミリエッタに気付いたイグナスが会釈をする。

「あの、イグナス様、少しだけお時間をいただいても宜しいですか？」

余計な言動は控えるよう言われていたものの、ラーゲル公爵家からも婚約の打診があったため、もしや意に添わぬ婚約を強いられているのではないか、そもそも本人が知らない所で話が進んでいるのではないかと懸念し、ミリエッタはイグナスのもとへと歩み寄る。

「ラーゲル公爵家から先日婚約の打診があったのですが……本件について、イグナス様はご存知でいらっしゃいますか？」

紙を捲る手を止め、イグナスは正面の席に移動したミリエッタへと視線を移す。

「勿論知ってるよ。むしろなんで僕が知らないと思ったの」

呆れたような視線を投げられ、ミリエッタは「うっ」と言葉に詰まった。

「いえ、その……もしかして、私との意に染まぬ婚約を、ご両親に強いられているのではないかと心配しておりまして。だとしたら申し訳ありません」

その言葉にイグナスは本から手を離し、溜息まじりに目を眇める。

「……僕からだ」

「え？」

「だから、僕自身が希望したんだ」

何を言われているのか理解が出来ず、首を傾げたままイグナスをじっと見つめていると、イグナスは自分で言って恥ずかしくなったのか、ぷるぷると小刻みに震え出した。

「だからミリエッタと婚約したくて、自分からお願いしたと言っている!!」

驚きのあまりポカンと口を開けたまま固まるミリエッタに向かい、冷静さを取り戻すためか、赤く染まった顔でイグナスはコホンと軽く咳払いをした。

「な、なんで……？」

仲の良い弟みたいな気持ちで接していたイグナスが、何故突然自分に婚約の打診をするのか、全く理解が出来ない。

出会った頃のようなツンケンした態度で横を向き、口をつぐむと、二人の周りを静寂が包み込んだ。

「……ミリエッタなら、同じスピードで一緒に歩いて行けると思ったんだ」

無言で見つめるミリエッタの視線に耐え切れなくなったのか、イグナスは短く息を吐き、ぽつりと呟くように言う。

「同年代で分かりあえる友達なんか一人もいなくて、自分だけが特別だと思っていたけど、でも、そうじゃなかった」

僕だけが特別な訳じゃない。

もう一人じゃないのだと思うと、とても嬉しかった。

「……気付いたら、好きになってたんだ」

「え？」

驚いて目を瞠りミリエッタが聞き返すと、黙れとばかりに睨み付けられる。

「あ、あの」

「うるさいな、二度も言わせないでよ」

イグナスは苛立ったように席を立ち、ミリエッタの隣へと移動した。

「どうせ弟みたいだとでも思っていたんだろ？」

そんなの分かってるんだよ、と拗ねたように口を尖らせる。

状況が呑み込めていないミリエッタに向き直り、少し躊躇うように目を伏せた後、机の下にあったミリエッタの手を徐にギュッと握った。

「……ねぇ、何とも思わない？」

肌寒いくらいの室内で、ほんのりと汗ばむイグナスの手。

目を伏せ、林檎のように耳まで染めたイグナスの絞り出すような声が、ミリエッタの鼓膜を揺らす。

「駄目だと分かってても、それでも、僕の事を考えて欲しかったんだ」

いつもはあんなに自信満々なイグナスが、迷子の子どものように心許なげに、俯きがちに小さく声を震わせる。

「ありがとう……ございます。私も……私も、こんなにも専門分野について楽しくお話が出来て、一緒に研鑽を積めるような、そんな同年代の男性と出会ったのは初めてでした」

自分は何て失礼な質問をしてしまったのだろうと申し訳なくて、後悔(こうかい)が波のように押し寄せた。

「真剣に考え、誕生日までに必ずお返事致(いた)します」

真っ直ぐに向けられた想いに、ミリエッタはそれ以上言葉を紡(つむ)ぐことが出来なかった。

それから数日間は何もする気が起きず、一歩も外に出ず自室で読書に没頭(ぼっとう)し続けた。

呆れた母に怒られていたところへルークが来訪し、何故か困ったように口を開く。

「ミリエッタに嫌われたと項垂(うなだ)れるばかりで、ジェイドが使い物にならない」

出勤はするものの、どんよりと落ち込み生気を失い、食事をまともに取っていないのか、どんどん痩(や)せこけていくのだという。

「ちょっとしたスレ違いであれば、互いに謝れば済む話。早いとこ仲直りしてくれ。……正直、困っている」

眉(まゆ)を下げて溜息を吐くと、面倒臭(めんどうくさ)い男だと苦笑(くしょう)した。

申し訳なさそうに目を伏せたミリエッタを、ルークは眩(まぶ)しそうに見つめる。

「と、ジェイドの件はついでで実はここからが本題なのだが、先日父を通して婚約の打診をした」

ルークの言葉にミリエッタはヒュッと息を呑む。

「こんな時につけこむのは自分でもどうかと思うが、もし少しでも俺に心を傾けてもらえるのであれば、俺のところに来ないか？」

婚約の打診は来たものの、まさかルーク本人から直接求められるとは夢にも思わず、ミリエッタは虚を衝かれたように動きを止める。

「覚えているかは分からないが、調査の時に騎士団長の責務について話をした」

そういえば、と思い出したように頷くミリエッタ。

「手放しで褒められる事は多いが、本質に寄り添おうとしてくれたのはミリエッタが初めてだった。そこからだな、大人しそうな顔で意外と大胆な事をやってのける姿に惹かれ始めたのは。先日の模擬戦も素晴らしかった」

「そんな……本来であれば何も為していない私は、ルーク様に意見が出来るような立場ではないのです。気持ちを汲んでくださり、あのような場を設けてくださったことに感謝致します」

感謝を述べたミリエッタにそっと腕を伸ばし、ルークは剣ダコでゴツゴツと硬くなった手の平で、優しく頬を包み込む。

「こちらこそ、良いものを見せてもらった。普段温厚な君がジェイドのために怒ったのも印象的だった。守られるだけでなく、守りたい者のために戦える人間なのだと……君となると、いつしか思うようになった」

　スッと親指を頬の上で滑らせ、覗き込むように視線の高さを合わせると、甘やかな瞳がミリエッタを捉える。

　ポンと音が鳴りそうな程に、一瞬で顔を赤く染めたミリエッタが可笑しかったのか、ルークは笑いを噛み殺すように口元を綻ばせた。

「ジェイドとの婚約が決まっているのであれば大人しく身を引くつもりだったが、君達の様子を見てガラにもなく、隙あらば奪えないかと思ってな」

　少し照れくさそうに、はにかむ姿が新鮮で、ミリエッタの目がまるまると開かれる。

「まあ、今日の用事はそれだけだ。直接伝えたくて押し掛けてしまった。ジェイドに比べると面白味のない人間だが、大切にすると誓おう」

　少しだけ考えてみて欲しいと告げられ、ミリエッタは赤らんだ顔をさらに赤く染めて、静かに頷いたのであった。

「なるほど、それで手袋を受け取りがてら相談に来たと」
　発注した手袋が完成したと聞き、ミリエッタは急ぎ護衛を連れて受け取りに来たのだが、目の下に出来たクマの理由をキールから追及され、自白し今に至る。

「キール様に問われてお答えしたまでで、相談ではありません。父からも本件については、余計な言動を慎むようにとよくよく申し付けられております」

はぁ、と溜息を吐いてミリエッタは肩を落とす。

先日のイグナスとの一件も然り、若干守れていない気もするが多少はお許し願いたい。

「素敵な手袋を作ってくださり、ありがとうございました」

大事そうに手袋を胸に抱きしめ、項垂れたまま礼を述べ帰ろうとするミリエッタを引き止めた後、キールが手ずから紅茶を淹れてくれた。

「美味しい……ありがとうございます」

人心地つき、ほっと息を吐くと、キールがじっとミリエッタを見つめている。

「あ、あの、何でしょう？」

「そういえばオラロフ公爵家からも婚約の申し出をしたんだけど」

にっこりと微笑むその目が笑っていない。

「先日手袋を注文しに来た時に、私の妻にならないかと伝えたはずだが……こうやって一人で取りに来たという事は、承諾と受け取ってもいいのかな？」

いつも穏やかで優しいオラロフ公爵家の嫡男、キール・オラロフ。

そんなつもりは無かったと伝えたいのだが、穏やかな微笑みから静かな圧を感じ、ミリエッタは何も言えず黙って眼差しを返すことしか出来ない。

「ん、どうしたの？　私なら安心だとでも思ってた？」

何やら壮絶な色気を醸し出しながら、机越しにキールがミリエッタへ腕を伸ばす。ほどけ落ちた髪を長い指で掬い上げ、そっとミリエッタの耳に掛けると、その指で優しく頬に触れ、――それから、ぷにっと頬を摘まんだ。

「～～～⁉」

「ぷっ、あははははは‼」

ゆでダコのように頬を上気させるミリエッタが面白かったのか、ごめんごめんと、キールがお腹を抱えて震えている。

「揶揄ったんですね⁉」

目を潤ませて抗議すると、それがまた可笑しかったのか声を上げて笑い出した。

「いや、揶揄うつもりではなく……で、もう誰にするか決まった？　選り取り見取りだから、悩むんじゃないか？」

まるで他人事のように問いかけるキール。

「まだ許可が下りていないため、回答は控えさせていただきます」

「ああ、なるほど……色々と気を遣わせて、すまないね。どうせ禍根を残さないよう熟慮する期間を設けろとでも言われているんだろう？」

図星を指され、驚くミリエッタにキールは真面目な顔で向き直った。

「もし他の三人と歩む未来が描けなかったら、消去法で構わないから私の所においで。あの三人は良くも悪くも我が強い。公爵家という血筋も相まって、自分が合わせなくても、他人が合わせてくれる環境に慣れ過ぎている」

確かにその通りかもしれないと、ミリエッタは頷いた。

「たまにならいいけど、ずっとだと疲れてしまうかもしれないよ。結婚生活は長い。ましてや君のように周囲へ気を遣うタイプなら尚更だ」

静かに耳を傾けるミリエッタの反応を窺うように、視線を留める。

「うちなら商会もあるし、公爵夫人として存分に手腕を振るえる環境も整っている。四大公爵家という立場上、結婚にはあまり期待をしていなかったけど――君とならいつもの飄々とした姿が嘘のように真剣な表情で、キールはミリエッタに向かい、居住まいを正した。

「……最後の選択肢でもいいから、私との未来を、少しだけ考えてみて」

穏やかに告げるキールの瞳に、熱が籠もる。

「幸せにしてあげる」

そう囁くと優しく微笑み、そして静かに窓の外へと目を向けた。

ミリエッタは消え入りそうな声で「はい」と小さく返事をし、手袋を握る手に力を込めたのだった。

7 すべてを君に

十九歳の誕生日まで、十日を切る頃。

週次の定例会、もしかしたら来てくれるかもしれないと一縷の望みを懸けていたのだが、やはりジェイドは来なかった。

呆れ果て、もう自分のことなど嫌になってしまったのだろうか。

椅子に座って項垂れると、ミリエッタの瞳に冷めた紅茶が映る。

外にいるわけでもないのに、ぽつりぽつりとティーカップの中に雨が降った。

いつからこんなに欲張りになってしまったのだろう。

あんな酷い事を言うつもりじゃなかったのに。

もっともっと沢山、一緒にしたい事があったのに。

婚約の返事を先延ばしにして、待ってくれるジェイドに甘えていたのは自分のほう……

責める資格なんて、一つもありはしないのに。

婚約の返事を急かされたからといって信用してもらえないなどと、一体どの口が言うのか。

あんなに真っ直ぐに気持ちを伝えてくれたのに、いつの間にかこんなにも好きになっていたのに、一度だって正直に好きだと告げる事が出来なかった。

自分なんてと意固地にならず、もっと素直に気持ちを伝えればよかった。

幼い頃から何も変わらず、上手く気持ちを伝えられない事がこんなにももどかしい。

つい最近まで駄目な自分にうんざりし、夜会に行きたくないと泣いていたはずなのに、ハンカチを『適当に』渡したあの瞬間から、ミリエッタの日常が目まぐるしく変わった。

とても賢く勤勉だけれど子どもっぽいところがあり、ちょっぴり生意気で実は恥ずかしがり屋のイグナス・ラーゲル。

図書館で共に過ごす知的な時間はとても楽しく、不器用だが垣間見える優しさが彼の誠実な人柄を表しているようで、ずっと一緒に話していたいような、そんな気持ちになる。

穏やかで頼もしく包容力に溢れ、王国一の令嬢人気を誇る騎士団長……我が国最強の騎士ルーク・デズモンド。

少し照れくさそうに「大切にする」と誓い、ミリエッタの頬を包んだ硬く剣ダコだらけの手の平は、昼夜問わず歯を食い縛りながら剣を握り、民を守り抜いてきた騎士の証。

逞しい身体と厳めしい顔つき……見る者を圧倒するその様相に反し、柔らかく微笑むと目元がくしゃりと優しくなり、幸せな気持ちにしてくれる。

面倒見が良く思いやりに溢れ、周囲の状況を冷静に見ながら判断が出来る、気遣いの男キール・オラロフ。

優秀な頭脳を存分に活かして家業を手伝い、たまに思いついたようにミリエッタを揶揄う彼は、その優しさから肝心な時に遠慮をしてしまうのだろう。

「……最後の選択肢でもいいから、私との未来を、少しだけ考えてみて」

幸せにしてあげると優しく告げる彼に、小さく頷くことしか出来なかった。

——そして。

いつも些細なことに感動して、笑ってくれて、強引過ぎてちょっとどうかと思う時もあるけれど、それでも一緒にいると幸せで優しくて素敵な——。

ハンカチを渡した翌日にいきなり婚約を申し入れ、勢いのまま強引にデートの約束を取り付け、帰りの馬車でミリエッタを膝に乗せ抱きしめたまま眠りこける。

かと思うとヤキモチを焼いて独占欲を丸出しにし、さらには誕生日プレゼントにミリエッタ専用図書館を建築しようとする。

……もう、めちゃくちゃだわ。

思い出すだけで、クスリと笑みが零れる。

「俺以外の男に、触れさせないで」

彼の声が、耳の奥で木霊する。

可愛いって言ってくれて、本当はすごくすごく嬉しかった。

あんなこと、言わなければよかった——。

ジェイドの事を思い出せば思い出すほど後悔に苛まれ、堰を切ったように涙が溢れた。

ひとしきり泣いて唇を噛み締め、ぐい、と涙を拭う。

胸元のペンダントをギュッと握り締めると、ミリエッタは決心したように立ち上がった。


トゥーリオ公爵家に手紙を送っても返事をもらえる保証はなく、であれば一言でいいから直接話が出来ないかとティナと共に公開演習場を訪れ、騎士団長の執務室に通された。

「お兄様！」

ティナが大きく手を振ると、気付いたルークが仕事の手を止める。

「ああ、来たか。演習場でジェイドには会えたか？」

「いらっしゃいませんでした。もしかしたら、避けられているのかもしれません」

ミリエッタが困ったように眉を下げると、ルークが呆れて溜息を吐いた。

「今日は来ているはずなんだが……あの馬鹿が、すまんな」

「いえ、そんな。むしろお手数をおかけして申し訳ありません」

今年最後の公開演習があり、ティナを通しジェイドの出勤日を確認した上で訪れたのだが、本人に避けられているのであれば、会うのは難しいかもしれない。

「ティナ様も、申し訳ありませんでした」

「ミリエッタ様は何も悪くありません！　すべてはあやつの責任です！」

苛立ったように再度演習場を見廻し、ジェイドがいないことを確認すると、「もう帰りましょう！」と鼻息荒く立ち上がった。

「お前はすぐにそうやって……ジェイドを呼んでくるから、そこに座って待っていろ」

激怒するティナに溜息を吐きルークが歩き出すと、「私も行きます！」とティナがその後をついていく。

執務室のソファーに腰掛け待っていると、ノックと共に騎士が一人歩み寄り、「騎士団長がお呼びです」と声を掛けた。

ジェイドが見つかったのだろうかと立ち上がり、連れ立って部屋を後にすると、何故か閑散とした人気の無いところへと進んでいく。

どんどん奥へ進み、厩舎が見える薄暗い廊下に差し掛かったところで、何かがおかしいとミリエッタは気付いた。

「お、お待ちください！」

公開演習で騎士達が出払っているにしても、いくらなんでも人が少なすぎる。

声掛けに無言で振り向いた騎士の顔をよくよく見ると、先日ミリエッタと稽古場で手合わせし、手も足も出ず負けた、あの男――。

「――え？」

ぞくりと寒気が身体に走り、踵を返して逃げようとした次の瞬間、男の手がミリエッタの腕にかかる。

後ろから抱きかかえるようにして羽交い締めにされると、布を口元に当てられ、そのままミリエッタは気を失った。


「おい、急げッ！　城外に逃げられたら、厄介な事になるぞ!!」

執務室から忽然と消えたミリエッタに、場が騒然となる。

「団長！　厩舎の馬が一頭足りません！」

先日ミリエッタに惨敗した騎士……ニース・エルドールは、あれから別人のように言動を改めたため、これであれば問題ないだろうと完全に油断をしていた。

「くそッ！　既に城外に出た可能性が高いな。おい、王都の憲兵達にも至急連絡を！」

入念に準備していたのだろう。

女性を抱えた騎士が騎馬で東に駆けて行った以外の情報を摑めず、追尾先を見失う。

「エルドール伯爵領はここから距離がある。潜伏するとしたら恐らく、王都内の店舗か邸宅。国外への脱出を図る場合は、港に持つ倉庫だろう」

卸しの仕事も扱うエルドール伯爵家。

王都内にもいくつか店舗を持ち、潜伏先を特定するのは容易ではない。

早々に方針転換をしたルークが数人毎に組分けをし、一つずつ手分けして当たるよう指示を出していると、騎士達と揉み合いになっているジェイドが目に入った。

「何をしている⁉ 今は仲間内で揉めている場合ではないだろう」

慌てて駆けつけ、力任せに押さえ怒鳴りつけると、ジェイドは血走った目でルークを睨み付けた。

「しらみ潰しに回らなくても決まっている。……王都にあるエルドール伯爵邸だろう」

貴族の邸宅内への強制立入捜査は、『許可状』を事前に発行しなければならない。

承認審査を経るため、通常はどんなに急いでも二日はかかる代物である。

「これだけ周到に準備をするような男だ。許可状もなく立入捜査が可能な場所にわざわざ潜伏すると、本気で思っているのか？」

店舗や倉庫であれば、間違えましたで押し通すことが出来る。

実行犯だと断定すれば特例として、許可状なしに立入捜査が出来るはずだとジェイドは言うが、騎士のほとんどが演習場に出払っていたため、状況証拠から『ニース・エルドール』だろうと推測しただけで、今回の拉致について直接目撃した者はいない。

「ニース自身も一緒に連れ去られた可能性がある以上、王国法に定められた通り、今の段階でエルドール伯爵邸に立ち入ることは出来ない。先程指示し許可状の申請を出した。承認が下りるまでは国境と港に兵を配置し、検問にかけて炙り出すしか方法がない」

ルークが必死で説得をするが、それでは遅いとジェイドはなおも抗う。

だが、家宅捜査については公爵家であっても手順を踏まなければならず、許可なく立ち入ることは絶対に許されない。

「クソッ……」

ジェイドは押さえつける腕を振りほどくと、厩舎に飛び込み馬を奪い、そのまま王宮へと駆けて行った。

「あの馬鹿ッ！」

こうしている間も時間は刻一刻と過ぎていく。

あっという間に見えなくなったジェイドにルークは舌打ちし、身軽に動くことが許されない自分の立場に歯噛みした。

「王太子殿下はどちらにいらっしゃいますか⁉」
全速力で王宮に駆け込み、今にも殴りかかりそうな勢いで尋ねるジェイドに侍従長が溜息を吐いた後、連れ立って王太子のもとへと向かう。

「まずは落ち着け。お前がいくらトゥーリオ公爵家の人間でも、謁見の許可も無しにその状態で王太子殿下の執務室に跳び込んだら、下手をしたら不敬罪で処罰されるぞ」

早く早くと急かすジェイドを侍従長が一喝し謁見の許可を得ると、のんびりとした王太子の声が執務室の奥から響いた。

「あれ？　ジェイドお前、今日は公開演習に顔出しをしていたはずでは？」

緊張感のない声に一瞬膝から崩れ落ちそうになるが、ジェイドは気を取り直して王太子の執務机の前まで歩いていく。

「ミリエッタ・ゴードンが攫われました。王都にあるエルドール伯爵邸内へ立入捜査を行うため、『許可状』を発行してください！」

「待て待て、それでは何が何やらさっぱり分からん」

言いたい事だけを言って、許可状を発行しろと強要するジェイドに驚き、まあ落ち着けと王太子が声を掛ける。

「そもそも、現行犯であることを視認した者はいるのか？　ニース・エルドールが一緒に攫われた可能性は？」

「視認した者はおりません。ですが動機があり、状況からもニースの犯行である可能性は極めて濃厚です。犯人はニースに違いありません！」

なおも主張するジェイドに一旦黙るよう命じ、王太子は頭を抱えた。

「その内容では、今ここで許可状を出すことは出来ない。そもそも、ルーク騎士団長から申請があがっているのであれば、それを待つべきではないのか？」

当然の帰結に一瞬言葉を詰まらせ、それでも引き下がれないジェイドはなおも続ける。

「ですが正規の手続きを待っていては、最短でも二日かかります。国外に逃亡されたら、それこそ取り返しがつかない！　何かあってからでは遅いのです‼」

聞く耳を持たないジェイドの様子に溜息を吐き、王太子は語調を強めた。

「仮に緊急の許可状を私の名前で発行したとして、ニース・エルドールが無実だった場合にお前はどう責任をとるつもりだ？」

四大公爵家といえど、王国法はあまねく適用される。

「ただではすまないぞ？　それに巨額の賠償も必要になる」

「もし誤りだった場合は、すべての私財および私の身分を全て投げ打ちます」

王太子が重ねてかけた脅しをものともせず、迷いなく答えたジェイドへ、その場にいた全員が驚き目を向ける。

「それでも不足であれば生涯をかけて償います。……だからどうか、許可状を」

必死に縋るジェイドを無言で見つめた後、王太子はやれやれと呟き侍従長に言伝をすると、数分も経たず書状を持って戻ってきた。

「……その言葉、忘れるなよ？」

さらさらとサインを書き入れ、ジェイドに向かってポンと投げつける。

受け取るや否や頭を下げて弾丸のように飛び出したジェイドを見送り、念のためトゥーリオ公爵にも連絡をするよう、王太子は侍従長へと指示を出した。


潜伏先の捜査報告を待ちながら現場で指揮を執っていたルークは、一刻も経たず騎馬で戻ってきたジェイドから書状を手渡され、驚きに目を瞠る。

「これは……こんなに早く？　お前は一体何をしたんだ」

正規の手続きを経たものでないことは明らかだが、これで王都内にあるエルドール伯爵家の本邸に合法的に立ち入り、捜査をすることが出来る。

攫われてから、既に一時間半。

港や国境を封鎖しているとはいえ、か弱い女性の身に何が起こるか分からない。

ルークはその場にいた隊士達をまとめ、騎士団の厩舎から連れてこさせた馬に跨がり、ジェイドと共にエルドール伯爵邸を目指したのである。

「おい、起きろ」

乱暴に頭を小突かれ、微睡みの中すぐ近くに人の気配を感じて瞼を持ち上げると、目の前に見慣れない顔が見えた。

手足が縛られ身動きが取れず、恐怖で叫ぼうにも口元に布が噛まされ、声を上げることすら出来ない。

見覚えのある……ミリエッタを攫った騎士。

部屋の隅には大きな男が一人、見張るように椅子に座っていた。

「先日はお前のせいでエライ目に遭った。あの後、騎士団内で馬鹿にされ、笑われ、散々だった。何度殺してやろうと思ったか」

逆恨みもいいところだが、実力も無いくせにプライドだけは高い、如何にも貴族らしいこの男は、冷たい床に座するミリエッタを濁った瞳で見下ろす。

「だが一生遊んで暮らせる程の高値で、お前を買いたいという貴族も多くてな。殺さずに有効活用させてもらう事にした。喧嘩でもしたのか？　デビュタントからこれまで隙無くお前を守っていたあの男が、ここ数日は腑抜けのようになっていたらしいな？　おかげで仕事がし易かった」

ニースは愉快そうに笑い、醜く顔を歪ませた。

「夜会の帰路や王都への行き来……ああ、図書館もだな。力ずくでお前を手に入れようと待ち伏せする度、ジェイドに邪魔されたと言っていた」

その言葉に、ミリエッタは驚愕して目を瞠る。

外套に身を包み、王立図書館に来ていた理由は、本人の口から聞いたばかりだ。

でもまさか守ってくれていたなんて……そんなこと、一言も教えてはくれなかった。

「さすがはトゥーリオ公爵家だな。本人は愚鈍だが、公爵家の情報網を遺憾なく発揮し、まるで犬のように嗅ぎつけると激怒していたぞ」

ジェイドがずっと守ってくれていたと知り、ミリエッタの顔が泣きそうに歪む。

「我がエルドール伯爵邸内へ立ち入るための、『許可状』を発行するまでに最短でも二日。現行犯でもない限り、連中がここに足を踏み入れる事は許されない」

絶望的な状況に、ミリエッタが大きく目を見開いた。

「逃げられると思うなよ？　女のくせに出しゃばるからこうなる。明朝には迎えが来るから、お前に高値を付けたのが誰なのか、想像しながら楽しみに待っているといい」

下卑た笑いを浮かべながら、ミリエッタの顎をクイと持ち上げる。

その時、ガンガンと扉を叩く音と共にエルドール伯爵邸の使用人だろうか、若い男性が駆け込んで来た。

「ニース様、本邸に騎士団が!!」

「なに!?」

慌てて窓の外を見遣ると、本邸の前に繋がれた騎士団の馬が見える。

「いくら何でも早すぎる！」

トゥーリオ公爵家に加え、騎士団長ルークも四大公爵家。何か特別な力を使ったに違いないとニースは歯噛みし、ミリエッタを振り返る。

「……売り飛ばすのが無理なら、殺すしかないな。ここの裏側にある小屋を使うか」

表情をごそりと落とし、隅に座っていた見張りの男に指示を出した。

——燃やせ、と。

許可状を叩きつけ、エルドール伯爵邸に男達が雪崩れ込む。

本邸にいた者を一部屋に集め、地下から屋根裏に至るまで、屋敷中を隈なく捜査する。

「おい、ニースはどこだ⁉」

一向に見つからないミリエッタに激高したジェイドが、エルドール伯爵に詰め寄った。

「おい、ジェイドやめろ！　まだ黒と決まったわけではない！」

ルークが止めに入ろうと腕を伸ばすが、ジェイドはパシリと払い、もう一度エルドール伯爵の襟を掴みガクガクと揺さぶった。

「ぐっ……、べ、別館だ」

「なに⁉」

「だから、あ、あいつの部屋は、東側の別館だ。本邸にはいない」

その言葉を受け、別館へ走り出そうとしたジェイドの腕を、ルークは慌てて掴んだ。

「ジェイド、駄目だ。書状をよく見ろ。許可が下りているのは本邸だけだ。別館には、入れない」

「離せ」

「駄目だ！　馬鹿め、いい加減にしろ‼　法の下に権限を与えられている以上、俺達には王国法を遵守する義務がある。これ以上は本当にすべてを失うことになるぞ⁉　まずは本邸を調べるのが先だ」

だがすぐそこにいるかもしれないと縋るジェイドに、再度駄目だと首を振る。

「団長！　……ルーク騎士団長‼」

その時、外の植え込みを調べていたはずの騎士が、ルークに向かって叫んだ。

「東の方角から、火の手が！」

別館の……さらに奥だろうか？

黒い煤の混じった煙が、狼煙のように細く立ち上る。

「これでも、駄目だというのか？　……手を離せ」

土気色に震える唇で言葉を紡ぐジェイドの顔は青白く、これ以上の邪魔は許さないとばかりに正面からルークを見据える。

ルークは眉間に皺を寄せ、一瞬迷うように瞳を揺らし——ジェイドの腕からノロノロと指を離した。

「……行け。責任は俺が取る。だが、許すのはお前だけだ」

無言で頷き、あっという間に見えなくなったジェイドの後ろ姿を見送ると、ルークは腕を組み、ふらりと壁にもたれながら自嘲気味にポツリと呟いた。

「くそっ……、馬鹿は、俺か」

木屑の散らばった埃塗れの小屋の中、藁がパチパチと音を立てて燃え上がる。

大きな男の肩に荷物のように担がれ、どさりと乱暴に小屋の奥へと投げ捨てられたミリエッタは、蜃気楼を纏い燃え上がる炎を瞳に映し、絶望に目を瞠った。

乾燥した小屋の壁に火が燃え移り、黒灰色の煙が立ち上る。

嫌いですと叫んだ瞬間、ジェイドの目が泣きそうに歪んだ。

言い返しても良かったのに、何も言わず肩を落とし項垂れ、ゴードン伯爵邸を後にしたジェイドの後ろ姿が瞼に浮かぶ。

「ごめんなさい……」

布を噛んだ唇から言葉にならない声が漏れ、わずかに見える窓の外が涙でぼやける。

零れ落ちた涙と一緒に目の前が暗転し、ミリエッタがそっと瞼を閉じると、どこか遠くで自分を呼ぶジェイドの声が聞こえた気がした。

小屋から少し離れたところにいた見張りの男が、ジェイドに向かって殴りかかってくるが相手にもならない。

一撃でのすと、燃え上がる小屋の扉を蹴破り、急いで中を確認する。

「ミリエッタ！」

煙の中でうっすら視認出来る、ミリエッタの姿。

燃え盛る炎を物ともせずに飛び込み、部屋の隅で縛られたまま気絶するミリエッタを抱きかかえ、転がるようにして小屋から飛び出した瞬間、ゴォッと音を立てて小屋の窓から炎が吹き出す。

ガラガラと崩れ落ちていく小屋を背後にジェイドはミリエッタを抱き上げ、ハァハァと肩で息をつきながら少しふらつくと、元来た道をゆっくりと歩き出した。

その後ニース・エルドールは現行犯で拘束され、厳しい取り調べの上、正式な手続きを

経て、人身売買に係るすべての貴族や組織に強制捜査の手が入った。

今回初犯であり、また未遂だったことから、実行犯及び幇助犯ともに死刑を免れたものの、その罪は重く親族に及び、爵位剝奪の上、国外追放の厳しい処罰が下された。

なお国外ルートについても今回明らかになったため、今後は捜査の手をさらに広げ、全容解明に力を注いでいく予定である。

「……どうぞ」

関係各所への通達も一段落しゴードン伯爵邸を訪れていたルークは、ミリエッタの私室へと足を踏み入れ、傍らに立つ侍女に持参した花束を手渡した。

「お見苦しい姿で申し訳ありません」

ベッドから起き上がり、申し訳なさそうに謝るミリエッタに優しく微笑むと、「気にしなくていい」と手で制した。

「体調はどうだ？」

「ご心配をおかけして申し訳ありません。幸い軽傷だったのですが、何故か熱が出てしまって……でも先程、もう大丈夫だろうと主治医からお墨付きをいただきました」

「そうか、それは良かった。既にゴードン伯爵から聞いたと思うが、今回現行犯での逮捕となり、結果だけを見れば事なきを得たものの、ジェイドのやり方は褒められたものではなかった」

進退だけでなく、持ち得るすべてを懸けて助けに来てくれたと聞いている。

「ご迷惑をおかけし、自身の力不足を恥じ入るばかりです」

「いや、君は何も悪くない。王太子殿下の口添えもあり、俺とジェイド共にたった三日間の謹慎と、想定外に軽い処分で済んだ」

「本当に、申し訳ございません」

「……謝る必要はない。泣くと目が腫れてしまうぞ」

弱々しく頭を下げたミリエッタを元気付けようとしてくれたのだろうか、珍しく軽口を叩くルークに、ミリエッタは目に涙を溜めたまま頬を膨らませた。

「いっぱい泣いて、もう既に腫れているので大丈夫です」

そう嘯くと、ルークが声を上げて笑う。

つられてミリエッタも微笑み、そして改まってルークへと向き直った。

「ルーク様、先日お申し出いただいた婚約の件。父にはもう少し待てと言われていたのですが、今、直接お返事をさせていただく事は可能でしょうか」

「分かった。……聞こう」

いつになく強い眼差しを受け、ルークは困ったように眉尻を下げたのだった。

あの時、演習場に来てくれたミリエッタにすぐ会いに行っていれば、こんな事にはならなかったのに。

三日間の謹慎処分を受け、トゥーリオ公爵邸の自室で、ジェイドは死んだようにぐったりと横たわっていた。

意地を張って、人目に付かない稽古場で時間を潰していた自分に腹が立って仕方ない。

どうすればもう一度微笑んでくれるのか、ずっと考えていたのだが、もうすべてがいけなかったのかもしれない。

叶うなら、時間を巻き戻したい——。

他の男に触れられ微笑む姿を見た途端、何も考えられなくなってしまった。

ミリエッタを失う恐怖と焦燥感に駆られ、後先考えず衝動的に行動した結果、なし崩しに婚約を承諾させるところだった。

何故あんな事を言ってしまったのか。

イグナスなら理知的に説明しただろうし、キールなら上手にやんわりと諭したはずだ。

ルークであればそもそも喧嘩になる事すらなく、もっとスマートにその場で対応出来たに違いない。

ミリエッタの視界に入りたくて認められたくて、死ぬほど努力して騎士になったはずなのに、結局何も変える事が出来ず、本当に欲しかったものが手から零れ落ちていく。

拭えない劣等感がジェイドを苛み、「嫌いです」と言ったミリエッタの悲しみに満ちた目が、脳裏に浮かんでは消えていく。

ミリエッタが幸せそうに、他の男の傍らに立つ姿なんて見たくない。

誰にいらないと言われても、君にだけは必要とされる人間になりたかったのに。

収穫祭の日にミリエッタから手渡された柔らかなタッセルを、そっと握り締める。

もう何もする気になれず、自分が情けなく、寝台に突っ伏したままジェイドはぐっとシーツに顔を埋めるのだった——。

8 『適当』じゃありません

ラーゲル公爵邸の大広間に足を踏み入れた者は皆、その素晴らしさに声を失う。

百年以上前からある天井画には、拝する女神が天地を創造する姿が見事に描かれ、専属の美術修復師により当時の姿をそのままに、今もなお鮮やかな色彩を保ち続けている。

石膏で造られた壁掛けのレリーフ、緻密な彫刻が施された調度品の数々……博物館に展示されるような逸品が、会場内にずらりと並ぶ。

「イグナス、先日の視察では世話になった」

ふらりと来たルークに声を掛けられ、ラーゲル公爵家の次男イグナス・ラーゲルはペコリと頭を下げた。

ミリエッタとステラを伴った視察の後、本格的にテコ入れをし、押収した非正規の商品……美術品や宝飾品に至るまですべての鑑定を終え、使用された顔料や素材等の解析・産地の特定から取扱業者に至るまでを調べ上げ、ラーゲル公爵家の学者達が裏方として暗躍してくれた。

得意げな顔をするイグナスにルークは相好を崩し、その頭をぐりぐりと撫でる。

「もう十六歳なのに」

「何を言う。まだまだ子どもだろう」

楽しそうにじゃれ合う二人に気付き、笑顔のキールが近付いてくる。

「随分とご機嫌だな。ジェイドはともかく、大捕物で謹慎などお前らしくもない」

「そうか？　……そうかもしれんな」

三人でしばらく歓談していると、ふとキールが思いついたようにイグナスの肩をガシリと掴んだ。

「そういえばイグナス、お前は何と言ってミリエッタに求婚したんだ？」

「はっ、はぁぁぁああ～!?　そんな事、教えるわけないじゃないかっ」

慌てふためくイグナスに、「やっぱりまだまだ子どもだな」とルークが告げる。

「うるさいな！　揶揄わないでくれる!?　どうせダメだって最初から分かってたんだから、もう放っておいてよ」

イグナスが頰を膨らませると、今度はキールが笑いを堪えながら横を向く。

「なんだよ余裕ぶって。そういう二人はどうだったの!?」

悔しそうに睨み付けるイグナスの問い掛けに、二人は顔を見合わせ笑い出した。

「俺は断られた。容赦なく、すっぱりと一刀両断だ」

「ははは、ルークもか。実は私もだ。昨日わざわざ邸宅を訪れ、誠心誠意謝られ、望みも持てないくらい容赦なく振られてしまったから悔いはない」

どこか吹っ切れた顔のキールに、イグナスは「僕と一緒だ」とほっとした顔で独り言ちる。

「二人が駄目なら、僕なんかどう考えても無理に決まってるし」

少しだけ嬉しそうに呟くイグナスに、堪えきれずキールが吹き出した。

「そんな事はない。お前もなかなかのものだ」

イグナスを励ますように、その背をポンとキールが叩く。

「なんだお前、随分と可愛い事を言うな」

豪快に笑ったルークが頭をくしゃくしゃと撫で回すと、悔しそうに歯噛みした。

「二人とも、また子ども扱いして……!!」

イグナスは二人に揉みくちゃにされながら、病み上がりのように頬がこけ、壁際に立つもう一人の兄貴分ジェイドに目を遣った後、三人で視線を交差させ歩き出したのだった。

よりによって、こんな日に。

ジェイドは壁際で会場内に隈なく目を配り、本日五回目の溜息を吐いた。

食事もろくに摂れず無気力に日がな一日を過ごしているうちに謹慎処分が終わり、有休も使い果たし、仕方なく出勤したらラーゲル公爵家の夜会でまさかの護衛任務。

あの後、ミリエッタから可愛い紙に包まれた手袋(てぶくろ)が送られてきた。

いつも添(そ)えられている手紙はなく、ただ、手袋だけ。

我ながら情けなくて嫌(いや)になるが、御礼(おれい)の手紙を書こうか迷っているうちに時間だけが過ぎ、あっという間に今日を迎(むか)えてしまった。

「嫌(きら)いです！」と言ったミリエッタの顔がまた脳裏(のうり)を横切り、ジェイドは本日六回目の溜息を吐く。

その時、大中小、三人の男が揉みくちゃになりながら近付いてくるのが見えた。

「元気そうだな」

手をあげて、ルークが声を掛けてくる。

「……任務中です」

「問題ない、先程(さきほど)王太子の許可を得た。今日はいつもより護衛の人数が多いから、今この時を以(もっ)てお前は非番だ」

「はぁ⁉　それなら初めから非番にしてくれれば良かったのに！」

王太子を睨むと、ごめんごめんと笑っている
「どうだ、護衛任務も免除(めんじょ)されたし、久しぶりに乾杯(かんぱい)といくか」

給仕(きゅうじ)を呼び各々(おのおの)グラスを持つと、一気に飲み干した。

久しぶりに飲む酒は、喉(のど)を焼きながら胃を熱くする。

「……随分と強いな」

度数の強さに驚くと、ルークがジェイドに次のグラスをひょいと渡す。

「だが美味い！」

違いない、と皆呟いてまた乾杯をする。

何杯飲んだだろうか。

次々に杯を空けていると急に静かになり、会場の空気が変わった。

四人が無言で扉に目を向けると、そこにはミリエッタが。

兄のアレクを伴い会場に入った、ミリエッタ・ゴードンの姿があった。

一瞬四人のほうに目を向け……だがすぐに目を逸らし、いつものように順に、公爵達と歓談する。

一通り話し終えると、思いついたように、先程まで歓談していた白髪の男性へと話し掛けた。

「閣下、恐れ入りますが、少々お尋ねしても宜しいでしょうか」

ミリエッタに呼び止められたその男性は、にこやかに応諾する。

「実を申しますと本日の夜会で、どなたかに『ハンカチ』を渡すよう母に申し付けられておりまして……渡しても角が立たない婚約者のいない未婚男性で、お薦めの方はいらっしやいますでしょうか？」

　そう問いかけた次の瞬間、周囲の視線が一斉にミリエッタへと向けられる。

　壁際で歓談していた四人の公爵令息達が、ごくりと息を呑んだ。

「ふむ、何名か心当たりはあるが……ミリエッタ嬢は、頼れる年上と可愛らしい年下なら、どちらがお好みかな？」

　閣下と呼ばれた白髪の男性は面白そうに目を輝かせ、ミリエッタに二択を提示してくれる。

「その二択ですと、やはり『頼れる年上』でしょうか」

　ミリエッタの答えに、先程まで歓談していた一人目がビクリと大きく肩を震わせ、ガクリと悲しそうに項垂れた。

「では、職業について希望はあるかな？」

　そのやり取りに我慢が出来なくなったのか、ミリエッタは口元に手を当て、クスクスと笑い出した。

「はい、……騎士様に憧れております」

　今度は二人目が、今にも膝から崩れ落ちそうになり柱に掴まった。

　前回同様、何やら不穏な気配を発する、少し健康に不安がありそうな二人の男性。

ミリエッタが心配気に目を向けると、「ああ、あれは気にしなくていい」と、白髪の男性は微笑んだ。

「ミリエッタ嬢のおかげでだいぶ絞れてきたな。それでは最後の質問だ。『頼もしく、包容力がある王国最強の騎士』と」

温かい眼差しをミリエッタに向け、噛みしめるようにゆっくりと、選択肢を提示する。

「……『猪突猛進でたまに暴走するが、誰よりも一途で不器用な騎士』。どちらかな？」

最後の問い掛けに、ミリエッタは悩むように目を伏せる。

「選べるような立場ではないので恐縮ではございますが、そのお二人ですと……」

少し考えるように小首を傾げ、そしてふわりと微笑んだ。

「そうですね、『猪突猛進でたまに暴走するが、誰よりも一途で不器用な騎士』でしょうか」

ミリエッタがそう答えると、今度は直前に話をしていた三人目が、困ったように眉尻を下げる。

白髪の男性が声を上げて笑い出し、壁際に立つ一人の騎士を顎で示した。

「それならば、ほれ、そこに立つ騎士はどうだ？　王太子殿下の近衛騎士で、腕は確か。なに、婚約者も恋人もいないような堅物だ。あとから間違えましたと訂正は……しないでもらえると有難い」

誰もが息を呑み、ミリエッタの一挙一動を見守る中、ミリエッタは一歩一歩、壁際に立つ四人の男性達に近付いていく。

今日は任務中だろうか、あの日と同様、近衛の騎士服を着ている。

「あの……」

ミリエッタが四人に向かって声を掛けると、ざわりと会場の空気が揺れる。

騎士の前で立ち止まると、その男性は驚いて目を見開いた。

首を四十五度上に傾け、真っ直ぐに視線を合わせると、黒曜石のような漆黒の瞳がミリエッタを捉えて離さない。

怒っているだろうか。

もう私の事など、嫌いになってしまったのではないだろうか。

不安と緊張で、膝が小刻みに震え始める。

勇気を振り絞り、もう一歩踏み出そうと足に力を入れたところで、膝ががくんと落ち、体勢を整えようとした次の瞬間よろめいて、ミリエッタはまたしても真横にあった柱へと頭から突っ込んでいく。

「危ないッ!!」

衝撃に備え身体を強張らせ、ギュッと目を瞑った瞬間、小柄なミリエッタの身体へ長い腕が包み込むように回される。

肩を抱き寄せる大きな手は温かく、厚い胸板に触れた瞬間、その拍動がミリエッタの鼓膜を浅く揺らした。

眼前に立つ大きな身体を見上げると、あの時と同じ、近衛の襟章が目に映る。

ミリエッタを両腕に閉じ込めるようにして抱きしめるその騎士と、吐息が混じりそうな程の距離で視線が絡み合った。

トンと優しく床に降ろされ、眉間に皺を寄せながら腕を解こうした男性の右腕にミリエッタがそっと手を掛けると、驚いてビクリと肩を震わせ、その双眸が何か言いたげに小さく揺れる。

包み込むように回された腕が解かれない事を確認し、ミリエッタは両手でハンカチを握り締めた。

「……これ」

水を打ったように静まり返る場内。

緊張で手が震え、それでも今度こそと勇気を振り絞る。

「今度は『適当』なんかじゃありません。『心を寄せる方』へ、お渡しするものです。……受け取って、くださいますか？」

恐る恐る差し出されたハンカチに、男性は驚いたかのように動きを止め、ミリエッタの顔をまじまじと凝視する。

震える手で差し出されたハンカチ。

しばらくして騎士が無言で手を伸ばし、ハンカチを受け取ってくれる。

ミリエッタは見上げるほど背の高いその騎士に、柔らかい視線を向け微笑んだ。

「ジェイド様？」

黙りこくるジェイドが心配になり声を掛けると、小さく小さく肩が震えている。

「……泣かないで」

そんなミリエッタの声も湿り気を帯び、仄かに揺れる。

雨が降ったように騎士靴の上で雫が弾け、溶けていく。

「貴方が泣くと、私も悲しい」

逞しい腕で力強く抱きしめられ、ミリエッタもそっとジェイドの背に腕を伸ばした。

「嫌いだなんて、嘘です」

緊張に震える声……でもこれからは、ちゃんと気持ちを伝えようと決めたのだ。

「ジェイド様、大好きです」

その言葉についに堪え切れなくなり、ジェイドは人目も憚らず泣き出してしまった。

「俺も。俺も、大好き」

「世界で二番目に、幸せにしてくれるんですよね？」

「ん……一番は、俺だから」

泣きながら、幸せそうに抱きしめ合う二人。

その様子をトゥーリオ公爵は嬉しそうに見つめた。

残念そうに、けれど温かく見守る三公爵。

抱き合って泣く二人を祝福するように、ルークが大きな声で杯を掲げた。

「よし、乾杯といくか！」

わっと会場が沸き上がる。

場の空気が変わったことに気付き、ジェイドが涙で濡れた顔を上げ、ミリエッタをじっと見つめた。

真正面から視線を向けられ、何やら急に恥ずかしくなって目を逸らしたところで、再びジェイドに抱きしめられる。

「……今から教会へ行こう」

ミリエッタが想いを告げただけで、婚約すらしていないこの状況で、突如式を挙げたいと言い出すジェイドに、少し耐性の出来たミリエッタはにこりと微笑んだ。

「折角想いが通じたのですから、その、もう少し一緒に恋人の時間を楽しみたいのですが……だめですか？」

涙に濡れた瞳で頬を染めながら上目遣いにそんな事を言われ、感無量なのかジェイドは天を仰ぎ目を瞑った。

（あーあ、あんな可愛いおねだり、どこで覚えたんだか……）

（ミリエッタ、強くなったな）

（いいように転がされてるなぁ）

少し距離を空けて見守る三人の友人達は、ひそひそと言葉を交わし、嬉しさにミリエッタを抱きしめるジェイドを呆れたように見つめるのだった。

今朝は早起きをして、朝食後すぐに身支度をした。

ソワソワしながら、廊下に出ると、ゴードン伯爵夫人が困った顔で窓の外を覗いている。

「ああ、ミリエッタ。丁度良かったわ。昨夜のうちに先触れが来たのは良いのだけれど、今朝もその、早くからそのね……」

言い辛そうに、口籠もる。

手招きされて窓から外を覗くと、トゥーリオ公爵家の紋付き馬車が裏門の近くに停まっていた。

「また朝の七時頃から屋敷の周りを？」

「そうなのよ。ぐるぐると回っては停まり、また回っては停まりの繰り返しで」

伯爵夫人とミリエッタは、はぁ、と小さく溜息を吐いた。

「少し早いですが、お声がけをしても宜しいですか？」

放っておくと予定時刻まで回り続けてしまうので、早々にお呼びしましょう。

家に招き入れるようお願いし、そのまま自室に戻って呼ばれるのを待とうかとも思ったのだが、何だかソワソワ落ち着かない。

一階の様子が気になって、廊下に隠れてこっそり顔だけ覗かせると、ジェイドが父と母に挨拶をし……二階を見上げたところで、バチリと目が合ってしまった。

笑顔で手を振るジェイドと、覗き見するミリエッタを呆れ顔で見るゴードン伯爵夫妻。

「昨夜はありがとうございました……ジェイド様はいつも早起きですね」

見つかってしまったので観念し、応接室に移動して昨夜のお礼を述べると、ジェイドが大きな花束をミリエッタに手渡した。

「わぁ、とても綺麗です！　ありがとうございます」

「またしても先触れが直前となり申し訳ありません。俺……私こそ、昨夜はありがとうございました」

背筋を伸ばして改まるジェイドに、ゴードン伯爵夫妻は顔を見合わせクスリと笑う。

「本日は、どうされましたか？」

ゴードン伯爵の問い掛けに、ジェイドは緊張した面持ちで口を開いた。

「本日は、昨夜のお礼と、……こ、婚約の申し込みに」

その言葉に、私達は少し席を外しますねと、ゴードン伯爵夫人が夫にも退室を促し、部屋にはジェイドとミリエッタの二人きりになる。

ジェイドは意を決したように立ち上がり、ソファーに座るミリエッタの前に右膝を突くと、その手を取り一度額に当てた。

――何故だろう。

何を言われたわけでもないのに、ただその姿に、じわりと瞳が潤む。

ミリエッタの手を握るその指が、緊張で震えているのが分かる。

ジェイドは小さく息を吐いた後、ごくりと喉を鳴らしミリエッタに目を向けた。

「ミリエッタ、俺は君に出会えて良かった」

優しく包み込むような眼差しでジェイドは告げる。

「君を好きになってから、毎日が本当に幸せだった。俺に気付いていない時も、やっとその目に映るようになってからも、幸せな気持ちにしてくれるのはいつも君だった」

「……」

「失敗ばかりで言葉が足りず、誤解させてしまうこともあったが一生懸命努力する」

「……はい」

「悲しませないようにする。分からない時はなるべく相談する。俺はそれほど頭が良くないけれど、ミリエッタが悩んでいる時は、一緒に考える。ああ、何だか子どもみたいなことを言ってしまった」

恥ずかしそうに、ジェイドが笑う。

「この前みたく、またヤキモチを焼いて困った事になるかもしれないけど、その時は遠慮なく言って欲しい。同じ失敗は繰り返さないよう心掛ける」

以前も思ったが、どうしてこうも嘘がつけないのか。

でも、彼らしい。

「きっと、幸せにしてみせる」

手を取り真剣な顔で跪くジェイドの輪郭が、ミリエッタの瞳の中で滲んでいく。

「何があっても、守ってみせる。一生大切にする。だから……だから、これからの人生を俺に預けてくれないか？」

意に染まぬ結婚を無理強いする気はありませんと、彼が告げた日を思い出す。

突然婚約の申し込みをし、願わくば自分を知って心の片隅に置いて欲しいと語った、あの時の彼を。

俯き黙りこくったミリエッタに、段々不安になったのか、ジェイドの瞳が不安そうに揺れる。

「私も。私も、幸せにしてあげたい」

ミリエッタの口から、思わず零れた言葉。

「……ずっと一緒に、いさせてください」

目の端に滲んだ涙を手の甲で拭うと、すぐ目の前にあるジェイドの顔が、ぐしゃりと何かを堪えるように歪んだのが見えた。

しばらく涙を我慢するように俯いていたが、堪え切れなくなったのだろうか。

ジェイドはミリエッタを抱きしめようと腕を伸ばし……でも、ふらりとよろけて立ち上がれず、ミリエッタの膝の上に突っ伏して、そのまま泣き出してしまった。

肩を震わせて泣く大きな身体に、ミリエッタは何とも言えない愛しさを感じ、その髪を優しく撫でる。

そして上から覆い被さるようにして抱きしめると、滲む涙が見えないよう、ジェイドの頭に頬を付けた。

『景色の綺麗な湖畔で、小舟に乗りませんか？』

『可愛い野兎がお出迎えします』

『美味しい魚も釣れます』

リゾート地のリニューアルオープンを思わせる手紙が、ミリエッタのもとへと届く。

誕生日プレゼントにトゥーリオ公爵家別邸にお招きいただきたい、とお願いしたのを覚えていてくれたらしい。

今更断るはずもないのに、出会った時と同様、一生懸命に興味を持たせようとする謳い文句が可愛らしくて、思わず笑みが零れる。

早速承諾の返事を出し、待ち合わせ当日。

毎回恒例、早朝から屋敷の周りを徘徊するトゥーリオ公爵家の紋付き馬車。

早々にお招きすると、またしても大きすぎる花束を床にぶちまけたジェイドは、ミリエッタを絶賛し震えながら一気に距離を詰めて抱き上げると、そのまま馬車に乗り込んだ。

「俺の、俺のミリエッタ」

デート二日目の時のように、膝の上でガッチリと抱きしめられ、頬をぐりぐりと頭に擦りつけられ、背中にびっしょりと汗をかきつつも拒否する事が出来ず、真っ赤な顔で震えながら、されるがままのミリエッタ。

抱きかかえたまま嬉しそうに馬車を降り、引き続き腕に抱いて歩き出そうとするジェイドに、「歩けます！　自分で歩けますから!!」と涙目で懇願し、やっと地面に降ろしてもらった。

馬車の前には季節の花々に彩られた遊歩道が、ぐるりと湖畔を囲むように続いている。

二人乗りの小舟に乗り込み湖を覗くと、泳ぐ魚が見えるほど透明度が高く、水底まで透き通っている。

「良い風ですね！　それに、水がとても綺麗！」

ミリエッタが感嘆の声を上げると、ジェイドが嬉しそうに漕ぎ進む。

「ここは水が綺麗だから、後で釣れたての魚を塩焼きにして一緒に食べよう」

ジェイドが指を差した方向に目を向けると、可愛い兎がぴょこんと顔を出していた。

「わぁぁ、兎!!」

兎も可愛いけど、もう少し進んだ場所にあるお勧めのスポットで釣りが出来ると聞き、初めての釣りに目を輝かせて喜ぶと、ジェイドがミリエッタを優しく見つめた。

その目を見ていると、なんだか泣きそうな程幸せな気持ちになる。

「ジェイド様、デビュタントからこれまで、人知れず守ってくださったと伺いました。そうとも知らず先日の礼を失した発言、改めてお詫び申し上げます。知らなかった事とはいえ、許される事ではございません」

頭を下げて謝罪をするミリエッタに、ジェイドは気にする事は無いと笑い飛ばした。

「それにしても随分と兎がおりますね？」

ぴょこぴょこと顔を覗かせる兎の数が多いような気がして問いかけると、「ああ、ミリエッタ用の兎だからね！　間に合って良かった」とジェイドが事も無げに答えた。

ん？　――ミリエッタ用の兎？

突然の爆弾発言に何やら不穏な気配を感じ、ミリエッタは動きを止める。

何が間に合ったのかさっぱり分からないが、満足気にジェイドは舟を漕ぎ進める。

「……ジェイド様、『ミリエッタ用の兎』とはなんでしょう？」

「うーん、まぁ色々あってね」

鼻歌交じりでご機嫌のジェイドに、ミリエッタは目を眇めた。

言うべき事は遠慮せず、ちゃんと言わないと駄目だとミリエッタはもう知っている。

自分がしっかりしないと、ジェイドはどこまでも暴走してしまう事も、知っている。

「差し支え無ければ、その『色々』とやらをお聞かせ願えますか？」

恐る恐る問いかけると、「もう時効みたいなものだから、話してもいいかな」と元気いっぱいに自供した。

「芝居のチケットは偶然手に入れた訳じゃなく、兄から強奪したのは置いといて」

え、とミリエッタが目を丸くする。

「事前調査でミリエッタの好きなものは分かっていたんだけど、ピッタリのお店が無かったから、王都のスイーツ店を買い上げてミリエッタ仕様に改装したんだ」

「ミ、ミリエッタ仕様⁉　しかも店を丸ごと買い上げた⁉」

目を剝くミリエッタをよそにジェイドは続ける。

「紅茶もキールに依頼して、ドラグム商会から君が気に入って買ったものと同じ茶葉を店に仕入れた。そうそう、あの茶葉を混ぜたクッキーが今王都で大人気なんだ」

道理で……偶然にしては出来過ぎていると、今なら分かる。

「ああ、オーナーパティシエのマーリンはスイーツが得意な元公爵邸の料理人だ。厳しい特訓の末、ついに究極の『クレープ・シュゼット』が完成した。お店が持てて本人も喜んでいたから問題ない」

……マーリンさん、ごめんなさい。

「ミリエッタとの紅茶談議、楽しかったなあ。本当はあまり詳しくないから、呼び鈴を鳴らしてマーリンを呼んだのは大正解だった。おかげでもう一日一緒に過ごす事が出来た」

く、詳しくなかったんですね、それは存じませんでした。

その後のデートで紅茶の話が一切出てこなかったから、あれ？　とは思っていました。

「君は騎士との恋物語が好きだから、芝居も騎士が出て来るものにして、一緒にご飯を食べて、名前で呼ぶことを許されて」

思い出して嬉しくなったのか、ジェイドの頬が緩みっぱなしになる。

「どさくさに紛れて抱き上げたついでに、馬車で抱きしめて……本当は途中で目が覚めたんだけど、嬉しかったから寝たふりをしていたんだ」

何故こんなに嘘がつけないのか。

前半、たった二日のデートのネタバレで、もう既にお腹いっぱいである。

「……あの、全部を聞くと陽が沈んでしまいそうなので、もう大丈夫です」

「そう？　まだまだいっぱいあるのに」

にこにこと相好を崩すジェイドに、ミリエッタは急に不安になる。

「でっ、ではジェイド様、今日以降で何か隠している事はございませんか⁉」

取り返せない過去はともかく、未来なら！

慌てて聞くと、何かあったかなぁと首を捻る。

「ミリエッタに見せたくて、五百羽の兎を購入して放った事？　それとも、いつでも釣りたてが食べられるように、川魚の養殖場を作った事？」

今日だけで二つも――⁉

重い……愛が、重すぎる……‼

婚約の承諾、はやまったのではと一瞬頭を過るが、今はそれどころではない。

「ジェイド様、お願いです！　今後何かをする際は、相談してからにしてください‼」

ミリエッタが懇願すると、ジェイドは「あ」と何かを思いついたように声を漏らした。

「そういえば建設中の図書館に置くソファー、ミリエッタが気に入った物を置きたいから、次のデートの時に見に行こう」

「そ、それは中止になったはずでは⁉」

　まさかの『専用図書館』建設計画に、青褪めるミリエッタ。

　さすがに分かって来た……正攻法で攻めても、この男は止まらない。

　覚悟を決めたようにコホンと一つ咳払いをし、ミリエッタは舟を漕ぐジェイドに身体を寄せた。

「ジェイド様、色々としてくださるのは嬉しいのですが、私はジェイド様と二人きりでいる時間が一番幸せなのです」

　ミリエッタに迫られ、ジェイドが驚きに目を見開く。

「物など必要ないのです」

　特に図書館とかね！

　可愛くパチパチと目を瞬かせると、「うっ」と舟の上で苦しそうに胸を押さえる。

「これからは、私のためにお金を使ってくださる時は、必ず事前にご相談いただけますか？　そのほうが、もっともっと嬉しいです。だって私、ジェイド様が大好きなんですもの」

　あわあわと慌てるジェイドに、もう一押しとばかりに迫ると、逃げ場を失ったジェイドが体勢を崩し――そのまま、どぼんと湖に落ちてしまった。

「だっ……大丈夫ですかッ⁉」

すぐに浮上し、心配するミリエッタを安心させようと舟のヘリを大きな手で掴むと、濡れた前髪が目にかかっている。

あ、と思いミリエッタがその髪に手をかけ、横に払おうとした瞬間、ジェイドがその手を掴んだ。

「かわいい」

そのまま軽く腕を引かれ、気付いた時には優しく口付けされる。

湖に落ち、濡れたせいなのか――、しっとりと吸い付くように触れる唇。

そっと唇を離すと、すぐ目の前に、熱を帯び蕩けるように甘い目をした大好きな人が微笑んでいる。

「……かわいい」

ボッと火が出そうに全身が熱くなり、薔薇色に頬を染めたミリエッタを揶揄うように再度腕を引き、もう一度口付けをしようとして――。

あまりの事に限界値へと到達したミリエッタがグラリと傾く。

「えっ、なに⁉　大丈夫⁉」

ふぅっと気が遠くなり、ジェイドの方へと倒れ込むミリエッタを支えようと、舟のヘリを再度勢いよく掴んだまでは良かったが。

小さな舟が、ぐらりと傾く。
ミリエッタの身体も、さらに角度をつけて、ぐらりと傾く。
最後に、舟のヘリに掴まったジェイドの身体もぐらりと傾いて。
――晴れた日の午後。
追加の水音は凪いだ水面に、幾重にも広がる輪を描いたのである。

9 大好きな貴方とともに

主祭壇の左右に置かれた巨大なパイプオルガン。

荘厳で厚みのある美しい音色は、見上げるほど高い天井を突き抜けるように空気を震わせ、大聖堂の内部を豊かに満たす。

大窓を飾る豪奢なステンドグラスから差し込む陽の光……柔らかな輝きが花嫁を包み込み、その幻想的な姿に参列者達は息をするのも忘れ目を奪われた。

ドレスのスカート部に施された平織りのシルクオーガンジーは、上品な透け感と独特の光沢が見事に調和し、花嫁の動きに合わせてふわりふわりと揺れ動く。

諸外国の要人や王族、並み居る貴族達が見守る中、少し高い主祭壇の前で誓いの証を立て指輪の交換をすると、泣いているのだろうか友人席から洟をすする音が聞こえた。

花嫁の顔を覆うベールを震える指で上げると、そこには恥ずかしそうにジェイドを見上げるミリエッタの姿。

裾がフレアに広がったプリンセスラインのウエディングドレス。

身頃に縦方向へと入ったダーツは美しい身体のラインをより際立たせ、大きく開いた肩口からは、目映いばかりに艶めく肌が覗く。

大聖堂の荘厳な雰囲気の中、淡く光をまとい輝くように微笑むミリエッタは、純白のドレスも相まって女神のように美しい。

二人を遮るものがなくなり、ジェイドはそっと目を閉じるミリエッタの頬を優しく包み込むように触れた後、泣きそうに目を瞬かせながら顔を傾け、優しくキスを落とした。

ゆっくりと唇を離し、頬を染めつつ見上げてくるミリエッタを潤んだ目で見つめる。

あとは祈りを捧げ、結婚証明書にサインをするだけなのだが、それきり固まって動かなくなったジェイドに、ミリエッタは小さく声を掛けた。

「ジェイド様？　ジェイド様、あの、どうかされましたか？」

困ったように眉を下げるミリエッタの唇を凝視したまま、ジェイドはピクリとも動かない。

「……これは、夢？」

「ええっ⁉　しっかりなさってください。夢ではありません、現実です」

「でもミリエッタが俺と挙式を」

「現実です。そして今誓いのキスをしたところです」

誓いのキスが終わるや否や、何やらもにょもにょと話し始めた二人に、会場がわずかにざわりと揺れる。

これはまずいとミリエッタは、ジェイドを正気付かせようと顔を覗き込んだ。

「しっかりしてくださ……ん」

誓いのキスは先程終わったばかりなのに、またしても優しくキスをする。

「ジェイド様、あのもう……んん」

いつの間にか腰を抱かれ、指の間に耳を挟むように頬を固定し、もう一度。

……また離し、ミリエッタをしばらく見つめ、再び唇を寄せる。

優しく唇を重ねること数回、困ったミリエッタがそろりと瞼を持ち上げると、蕩けるような瞳で見つめられ、それ以上何も言えなくなってしまった。

抱きしめられ、繰り返し触れる優しい唇を、されるがままミリエッタは受け入れ……いつまで経っても終わらない口付けにゴホゴホと司祭が咳払いをすると、参列者達からクスクスと笑いが起こる。

「……ありがとう」

ミリエッタが結婚証明書へサインをすると、しばらく黙ってそれを見つめていたジェイドが、震える声で小さく呟いた。

ふと口から漏れ出た、聞こえるか聞こえないか分からないくらいの小さな声。

その声を耳で拾い、微かに笑みを浮かべたミリエッタは、固く握られたその手に触れ、そっと解し指を絡ませる。

「ジェイド様、大好きです」

指先で触れながら視線を送り小さく囁くと、ジェイドは驚き喉を鳴らした。

「口付けは後でいくらでもしますから、今は我慢してくださいね？」

衝動的にミリエッタを抱きしめようとするので、ジェイドにだけ聞こえるよう耳元に口を寄せて可愛く注意すると、コクリと大きく頷き、神妙な面持ちで大人しくなる。

よし、これでもう安心。

式も終わり外に出ると、雲の切れ間から陽の光が零れ、参列者達のフラワーシャワーにより舞った花びらがキラキラと、光の粒になって降り注ぐ。

「ミリエッタ様――ッ！」

「おめでとうございます‼」

「ジェイド、幸せになれよ！　ミリエッタ様、こいつをお願いします！」

ジェイドの同僚やミリエッタの親友達、家族や今まで出会った様々な人達……数えきれない程沢山の祝福の声に囲まれて、二人は幸せに包まれながら手を振り続ける。

ジェイドは眩しそうにミリエッタを見つめ柔らかに微笑むと、次の瞬間軽々と抱き上げ、下から掬い上げるようにキスをした。

「お前、こんなところで何をやってるんだ！」

「キャーッ、ミリエッタ様――！」

デズモンド兄妹がさすがの声量で叫ぶ声が聞こえる。

「ちょ、ジェイド様、ここでは、んぅ――！」

長い長いキスに、どっと笑う参列者達。

「ちょっと待」

「後でいくらでもするって、言っていただろう？」

「ええええ、言いましたけど、ちょ、ちょっと待ってください。今じゃなくてまた後で」

ジェイドの口を両手で押さえ、大慌てのミリエッタにその目が柔らかく歪む。

「大事にする」

「……もう、何度も聞きました」

「何度でも。……毎日でも」

「ふふ、ふ、いくら何でも毎日は多いです」

そう言うと、逞しい腕の中でミリエッタは少し考えるように小首を傾げ、それからジェイドの頬を両手で包み、小鳥が啄むようなキスをした。

おおおおッ!?　と、どよめくギャラリー達。ミリエッタの小さな手に包まれて、ジェイドは目を丸くする。

「披露宴は後日にする。今日は解散！」

このまま披露宴会場に行くはずがジェイドは突如中止を宣言し、勝手に馬車に乗り込ん

で帰ろうとする。

爆笑の渦に巻き込まれたミリエッタはジェイドに再度キスを落とし、唇を耳に寄せ囁いた。

「今は駄目です。……後で、いくらでも」

湯気が出そうなほど顔を上気させ思わず俯くジェイドと、にっこり微笑むミリエッタ。

（つ、強い……これは無理だ）

（いいように転がされてるな）

（こんなご褒美をぶら下げられたら、逆らえる男なんていないだろ……）

花びらを撒いていた三人の友人は顔を見合わせ、ひそひそと言葉を交わす。

幸せそうに去っていく二人を嬉しそうに見つめ、祝福の声を掛けるのだった――。

END

あとがき

はじめまして、六花きいです。

この度は本書、【夜会で『適当に』ハンカチを渡しただけなのに、騎士様から婚約を迫られています】を手に取ってくださり、本当にありがとうございます。

淑女であることを求められる貴族令嬢が、上手に想いを伝える方法があるといいな。

そしてその相手が、誰よりも一途で大事に想ってくれる男性だったら素敵だな、そんな気持ちで書き始めました。

今回、WEB小説で書けなかったお話をたくさん盛り込み、より幸せいっぱいの二人になりました。

コミュニケーションが苦手なミリエッタが、ぐいぐいと迫るジェイドにいつの間にか背中を押され、少しずつ成長する姿を見ていただけたら、とても嬉しいです。

読書が大好きだった私が小説を書き始め、こうして本の形でお届けできるなんて夢のようで、まだ信じられない気持ちです。

自分の書いた文字が人の目に触れる時、どんな気持ちで読んでくださったのかいつも心配になるのですが、頂いた感想やメッセージを何度も何度も大事に読み返して、日々元気をもらっています。

本書の感想などがもしありましたら、一言でもいいのでお聞かせ頂けると、すごく嬉しいです。

また、最後になりましたが、読んでくださった皆様。

初めての事ばかりで迷子になりそうな私の手を引いて導き、書籍としてお届けできる素晴らしい機会をくださった出版社の皆様。

そしてそして、素敵なイラストを描いてくださった史歩先生。

ここまで支えてくださった、すべての皆様に感謝致します。

あとがきで何を書こうか迷ってしまい、上手に伝えられたかまた心配になっているわけですが、ここまで読んでくださり、ありがとうございました。

これからも、素敵な物語をお届けできるよう頑張ります。

六花きい

■ご意見、ご感想をお寄せください。
《ファンレターの宛先》
〒102-8177 東京都千代田区富士見2-13-3
株式会社KADOKAWA ビーズログ文庫編集部
六花きい 先生・史歩 先生

B's-LOG BUNKO
ビーズログ文庫

●お問い合わせ
https://www.kadokawa.co.jp/（「お問い合わせ」へお進みください）
※内容によっては、お答えできない場合があります。
※サポートは日本国内のみとさせていただきます。
※Japanese text only

夜会で『適当に』ハンカチを渡しただけなのに、騎士様から婚約を迫られています

六花きい

2024年3月15日 初版発行

発行者　山下直久
発行　株式会社 KADOKAWA
〒102-8177 東京都千代田区富士見 2-13-3
（ナビダイヤル） 0570-002-301
デザイン　永野友紀子
印刷所　TOPPAN株式会社
製本所　TOPPAN株式会社

ISBN978-4-04-737856-8 C0193

定価はカバーに表示してあります。
◇◇◇